ちくま文庫

死言状

山田風太郎

筑摩書房

死言状【目次】

I

II

III

IV

V

死言状

I

文学碑

このごろ旅行すると、あちこちに文学碑やら句碑、歌碑やらを見ることが多い。文学碑とか句碑、歌碑などいうものは、当人が死んで三十年くらいたち、その人が文豪であるとか、その句や歌を古今の絶唱であるとか、決定的なものになってから後世が建てるものだろうと思う。

それなのに、当人が現存しているのに、こんなものをしゃあしゃあと建てるとは、その心理が不可解である。まさか作家が現存しているのに無断で建てる者もなかろうから、当人が承知したにきまっている。ファンに乞われてやむを得ず、などの当惑顔も厚顔に通じる。それどころか私は、いつか文芸家協会の会報に、「こんどどこそこに私の文学碑が建ったから見に来い」と出した作家があったことを記憶している。

ところで、明治十五年五月十六日の「朝野新聞」にこんな記事がある。

「それ記念碑は、人の念に記して忘れざらんとするために設けるものなり。そのこれを建てることをたずぬるに、みなその大功大徳ある者のためなり。

しかるに今の記念碑を見るに、向島に、上野に、芝に、そのほか林立してほとんど日比谷練兵場に兵隊を配布したるがごとし。

その中たまたま英雄豪傑ともいうべき人のためにせしものなきにあらずといえども、必ずしも念に記せずともと思う人また多し。今のごとく記念碑流行せば、明治二十三年ごろまでは、飴屋も納豆屋もお三も権助もみな記念碑の列にあるべし」

そのころから、こういう病人は多かったと見える。

公然たる嘘

総理大臣は議会解散について、日銀総裁は公定歩合の上げ下げについて、嘘をついてもいいそうだ。

だれがきめたのか、世の中には「公然たる嘘」というものが、いくつかある。

有力政治家が重病にかかったとき、その病状発表は嘘であることが多いという。政治家に限らず、ガンにかかったとき、医者は本人に別の病名を告げることになっているという。

それぞれ理由があるのだろうが、嘘をつくのが当たり前、ということになると、せっかくのその嘘の効果が失われてしまいやしないか、と、私は首をかしげる。

メーデーなどで、参加者の人数が、総評と警視庁の発表が極端にちがう。どっちかが嘘をついているのである。

そういえば、毎年の初詣の人数など、それぞれの寺や神社が五十万人とか七十万人とか発表するが、深夜何十万人という人数がよく計測されるものだ。白昼、近代的計測装置をとりつけた改札口を通る科学万博の入場者数だって、あてにならんではないか。

自衛隊の階級を一佐、二佐、三佐などというのも、嘘ではないがゴマカシだ。こういう呼称を定着させるつもりなら、外国の軍人も、たとえばベレンコ中尉なんて呼ばないで、ベレンコ二尉と呼ばなければならない。いま「広辞苑」を見ると、中尉は出ているが二尉なんて出ていない。

これら公然の嘘やゴマカシは、一見一時しのぎの、やむを得ない事柄のようだが、あまり鉄面皮にやっていると、そのこと自体以外に大害を及ぼすことになる。

そのいい例が、かつての「大本営発表」で、いちばんひどいのが敵を全滅させたはずなのに味方が全滅していた台湾沖航空戦の発表で、国民どころか軍は自分の嘘に自分がだまされて、以後の作戦を誤るという悲喜劇を演じたのみならず、「大本営発表」という言葉そのものが、嘘の代名詞となってしまった。まあ、二度と使えなくて幸せかも知れないが。

記憶

広告やコマーシャルによく美人を使うが、このごろはその美人の名を出さないほうが多いようである。名を出すと、その美人の名だけが頭に残り、かんじんの商品のほうの名は残らない、と考えたのだろうが、ほんとうにそうだろうか。

私などの場合、その美人の名を知らないと、商品の名もすぐに印象がぼやけるように思う。

それで考えるのだが、私は五歳のとき父を失い、十四歳のとき母を失った。それでも父のことについていろいろ記憶が残っている。それなのに、父の死後すぐに生まれた妹は、九つのとき母を失ったわけだが、父のことを知らないのは当然として、母の記憶さえまったくないといって泣くことがある。

五歳の私に父の記憶があるのに、九歳の妹に母の記憶がないのは面妖(めんよう)なようだが、これは頭のよしあしではない。ほかにわけがある。

私に父の記憶があるのは、父の死後、母が父のことを語ったからにちがいない。それが記憶の消滅をふせぎ、十四歳以後もつづいて残ったのである。ところが妹の場合、私が中学の寄宿舎にはいっていて、母のことをだれも語ってやるものがなかったため、九歳以前の記憶がまったく消滅してしまったのである。記憶の保持力という点で、十四歳と九歳では大差があるらしい。

そこで例の中国残留孤児だが、父母に捨てられたとき、彼らはいのちのあらんかぎり泣きさけんだであろうに——おそらく人間の味わう悲哀の極限を経験したであろうに——大半がその幼児のときの記憶を失っているようだが、それは当然であると思うと同時に、身につまされて、いっそうのいたましさをおぼえる。

で、コマーシャルの美人の名だが、その名が商品の記憶を喚起するヨスガとなる点で、やはりその名を出したほうが、広告心理学の上から効果的ではあるまいか、と考える。

ふしぎな話

このごろ私が見聞した、あるいは身辺に起ったふしぎな事例をいくつか書いて見よう。

ことし（昭和五十五年）三月十六日のことである。NHKテレビで大相撲を見ていたら、五時のニュースで、志賀直哉の遺骨が青山墓地から盗まれた事件を伝え、志賀直哉の写真が出て消えた。

一瞬見て、「あれ？」と首をひねっていると、ニュースのあとで、「ただいまの志賀直哉氏の写真は別の方のまちがいでした。おわびして訂正いたします」といった。

それっきりで、だれの写真とまちがったのかNHKは言わなかったけれど、私の見たところでは、どうやら谷川徹三氏の顔のように思われた。

どっちも白い髯（ひげ）をはやして、乃木将軍のような顔をしているからまちがったのだろう。

しかし、いくら似たところがあったとしても、どうしてそんなまちがいが起ったのだろう？　おそらくＮＨＫには有名人の写真を整理した棚があって、いったん事があればとり出すしかけになっていることと思われるが、その棚のひきだしはきっと五十音順になっているにちがいない。志賀のシと谷川の夕はべつのひきだしなのだから、まちがえるのがふしぎである。

そう思って、ある編集者にこの話をしたら、その人はすぐにいった。

「そりゃ、そもそも整理するときに谷川さんの写真を志賀直哉のひきだしにいれてたんですよ」

「ああ、なるほど、そうか」

と、この疑問は氷解した。

ところで最近、銀座で一億円の風呂敷包みを拾った人があったが、落し主がついに現われないので、その金の素性についていろいろ憶測されている。私にもわからないが、考えてみると、それに匹敵する怪事が身辺にある。

私の住んでいるのは多摩市桜ケ丘という町だが、この町を散歩すると、散歩の範囲内でも、いまのところ少なくとも四件の廃屋がある。それも最近のことではない。ここ、四、五年来の――ひょっとすると十年くらいかも知れない――廃屋である。

桜ケ丘という町は、一軒あたり平均百坪くらいはあって、一応高級住宅地ということになっているが、それらの家は比較的小さいほうで、それでも七、八十坪はあるだろう。それが年毎に、扉は割れ、窓は落ち、庭の草の中に沈んでゆく。

さて、これはいったいどうしたことだろう？　と、それらの家の前を通るたびに首をひねる。

何か事故でもあって一家死に絶えたのだろうか。しかし、どこかに何らかのつながりで法律的な相続者というものはあるはずだ。

借金で夜逃げでもしてしまったのだろうか。しかしその土地の値段でたいていの借金なら返してしまえそうだし、もし債権者が複数で相当いりくんだ悶着があったとしても、これだけの歳月の間には何とか相談ずくで解決出来るだろうに、と思う。

なにしろこのあたりの地価は、いまのところでも坪百万円はするのではないかと思われる。八十坪なら八千万円で、前の風呂敷包みの一億円にほぼ近い。それを放ったままにしておくとは、どういう事情なのだろう？

いくら考えても、そのわけがわからない。だれにきいても、「さあ？」と首をかしげるばかりだし、何か答えてくれる人があっても、どうも納得出来ない。

しかも、そんな家が四軒もある。――どなたか土地の欲しい方、調べてみると案外タダで手にはいる幸運に恵まれるかも知れませんよ。

また別の話。

最近、夜中に見知らぬ人からの電話が二つほどあった。いずれも中年の女性の声である。

一つは——去年であったが、私は『厨子家の悪霊』という題の本を出してもらったのだが、これは実はもう三十年くらい前に書いた推理小説である。それについて、

「私、厨子というものですが、このごろ『厨子家の悪霊』という本を出されましたね。あれは私の家のことでしょう。その本が出てから気分が悪くなって、ノイローゼになりそうなんです」

という訴えであった。だから至急本を回収してくれという。

私は恐縮した。しかし『何々家の何々』という題名は昔からよくあり、それがたまたまあなたの家の名と一致したのはお気の毒だが、そんなことはまったく知らないでつけた題名だから、どうか気にしないでいただきたい、と頼んだ。

しかし相手は「厨子」などという姓はほかにない。日本じゅうにわが家一族だけである。わが家のことにちがいない、と言い張ってやまない。あたかも悪霊のごとく陰々滅々と同じことを繰返す。実に当惑した。

『田中家の悪霊』とか『松野家の悪霊』とかでは平凡すぎるので、わざと珍らしい姓を思いついたのだが、それがかえってたたったのである。いっそ「犬神家」とまでゆくと無難であったかも知れない。

もう一つは、私、小説を書いているのですが、いちど先生に読んでいただけないだろうか、という電話であった。

十分間ばかり問答しているうちに、ふと相手がいった。――

「ところで山田先生は、どういう小説をお書きになってるんでしょうか?」

電話の前で、私はヨロめいた。

さあ、これもわからない。読んだこともない作家に自分の小説を読んでくれ、と頼んでくる事柄以上に、どうやら声で判断すると中年の女性のようであったが、一事が万事、こういう頭の構造で、その年まで生存して来られたわけが私にはわからない。

年表の空間世界

仕事上、年表はよく見る。

見るどころか、仕事用の年表を作ったりする。自分の作る物語に登場する歴史的人物――数人から十数人の年譜を数段に分けて、一覧できるようにする。ときにはそのなかに、自分の作り出した架空人物も書きいれる。

年表を見るのは、ある事件の時間的経過を知るためだが、右のような作業をしていると、その目的だけでなく、歴史に空間的興味をいだく習性が生じた。同時代、あるいは同年同月に、だれとだれが何をしていたか、を知る面白さである。

数年前、「同日同刻」という題名で、太平洋戦争の最初の一日と最後の十五日の、日米双方の指導者、将軍、兵、民衆の言動をドキュメントとして書いたことがあるが、それもこの興味からである。

先日も、江戸初期の年表を見ていて、

一六三三（寛永十年）黒田騒動断罪、駿河大納言自刃。
一六三五（寛永十二年）伊賀上野の仇討ち。
一六三七（寛永十四年）天草の乱起る。
一六三九（寛永十六年）大久保彦左衛門死す。
一六四五（正保二年）宮本武蔵死す。沢庵和尚死す。
一六四六（正保三年）柳生但馬守宗矩（むねのり）死す。
一六五〇（慶安三年）柳生十兵衛死す。
一六五一（慶安四年）徳川家光死す。由比正雪事件起る。

など、わずか二十年足らずの間に、「時代小説」の事件や主人公たちの名がつらなって出てくるのに、やはりこの時期は、日本の「花咲ける武士道の時代」であったのだなと、あらためて感心した。

書架を見ると、いろいろな種類の年表類がならんでいるが、私が最もよく利用するのは、岩波の『近代日本総合年表』と、同『日本史年表』である。

特に『総合年表』は、「政治」「経済・産業・技術」「社会」「学術・教育・思想」「芸術」「国外」と、六項目にわけて、一覧の下に見くらべられるのでありがたい。

世には鉄道の「時刻表」に特別の興味を持って、それを見て飽きない人が少なくないというが、年表の面白さはその比ではなく、何も仕事に関係なく、どこかひらいた二頁を見ているだけで、数時間の無為を消すことができる。

この稿を書くにあたって、ふと私の生まれた大正十一年（一九二二）はどんな年だったのだろうと、ついでに『総合年表』を見たら、

一月。芥川龍之介「藪の中」（「新潮」）発表。

六月二十日。摂政裕仁親王と久邇宮良子女王との結婚を勅許。

七月九日。森鷗外没。

七月。田園都市（株）、東京府荏原郡洗足池・大岡山・調布村・玉川村一帯を田園都市として宅地開発に着手。

十月十四日。監獄を刑務所と改称。

十二月二十七日。世界最初の航空母艦鳳翔、横須賀海軍工廠で竣工（九四九四トン、三一機搭載）。

などの記事に、それぞれ興味津々たるものをおぼえた。

特に日本が「世界最初」に空母を作ったとは、これではじめて知った。この「鳳翔」はたしか太平洋戦争にも出没していたと思う。

ところで『総合年表』には右のごとく書かれているが、実はその少し前にイギリス

が空母を作っていたらしいですゾ。

この年表は至れりつくせりで、記述にいちいちの典拠文献が明示されており、それによるとこの記述は『造艦技術の全貌』という本によったらしいが、私はピーター・ヤング『第二次大戦事典』(原書房刊)によった。どちらが正しいのかわからない。

それから『総合年表』で何よりありがたいのは、明治五年以前、日本は陰暦を用いていたのだが、この年表ではそれを陽暦に換算して、陰暦はイタリックで附記してあることである。

昔のことを書いて、ふと失念してしまうのは、当時の夜の暗さと、足による距離感と、それからもう一つ、季節感である。

季節感というのは、昔の記述は陰暦で書いてあるのに、うっかりいまの陽暦で考えてしまうのである。

たとえば赤穂浪士の討入りの際、雪がふっていたかどうかが問題にされたことがあったが、その実否はともかく、東京で十二月十四日に大雪がふるのは珍らしいのだが、『三正綜覧』という本で換算してみると、陽暦では一月二十九日で、それなら大雪がふってもおかしくはない。

ただしこの換算はちょっと面倒で、実は私の換算は自信がない。

残念ながら『総合年表』は、嘉永六年（一八五三）以降の近代なので、右の赤穂義士の件は関係ないけれど、嘉永六年から明治五年までのことは、すべて右の『三正綜覧』によって、これは正確に陽暦に換算して記されているのである。

たとえば桜田門外の変は、このときも雪がふっていたが、私はそれを万延元年三月三日とおぼえているが、この年表によると、陽暦三月二十四日のことなのである。これも珍らしいが、あり得ない気象ではない。

「国外」の欄があるのもありがたい。

偶然眼についたのだが、フランスがヴェトナムを完全に植民地としたのは一八八三年、明治十六年のことで、鹿鳴館ができたのと同年である。アメリカがフィリピンを合衆国のものとしたのは一八九八年、明治三十一年で、独歩の「武蔵野」蘆花の「不如帰（ほととぎす）」が発表されたのと同年のことである。

いまでは日清戦争も日露戦争も日本の侵略戦争ということになっているが、当時、西欧列強はなお大侵略中の時代で、日本はその猿まねをしたにすぎない、ということがこの年表でわかる。

それからこれは年表に関係があるような、ないようなことで、ついでだから書くのだが、例の元号の問題である。

日本の元号は、世界史を国民から遮断している。

たとえば、レオナルド・ダ・ヴィンチ、コロンブス、ナポレオン、ワシントンは日本ではいつごろの人か、きかれてとっさに返答ができる日本人は、そんなに多くはあるまい。

私にしても、徳川時代の元号は四十近くあるが、「寛文」「元文」「寛延」などいわれても、だれが将軍の時代かめんくらう。

保守的な私も、「元号」だけはいいかげんによしたがいいと考えていたが、国民的な愛着があるからといって、また「平成」なんてものをつけてしまった。

愛着があるからといったって、一般国民の頭にあるのは「明治」「大正」「昭和」くらいではないか。いまの若い人には、「慶長」「寛永」「天明」「文政」「天保」など、私などには一つのイメージを喚起する名前も、何の反応も起すまい。

ましてや中世以前の元号など、私にさえ中国の元号をきくような感じで、その中国も元号などやめてしまったではないか。

こんなものがあるのは日本だけだ。これは日本人を一種の世界史的盲目にする愚かしさのきわみのからくりで、新しく「平成」なんて元号をひねり出したのは大正生まれの連中だろうが、後世の日本人に対する大罪であるとさえ思う。

――それをからくも救ってくれるのが、『総合年表』の「国外」欄だとは思うのだが。

数字の思い出

中学生のころから数学とか数字には弱かった。いまでも関心がない。日常生活に何の関係するところもないからである。

それでも、どうしても関係する数字がある。自分の住所の番地と電話番号だ。

ところが、これさえ、打てばひびくようには出て来ない。住所の番地を書くのは手紙の場合だが、だいぶ前から住所番地、電話番号を書いたハンコが作ってあって、それをポンと押すから手が記憶しないいし、電話の方は、外出先から自宅に電話をかける用件がほとんどなかったから、これも憶(おぼ)えない。

それで、いちどひどい目にあった。

私は多摩市に住んでいて、電話番号は、〇四二三—七五—八二二×なのだが、あるとき夜おそく電車で帰って来たのだが、雨がふっていて、駅前のタクシー待ち場には長い行列が出来ていた。そこへ私もくっついたのだが、待っているのが馬鹿馬鹿しくて、家から家内に車で迎えに来てもらうことにした。歩けば一キロ半くらいの坂道だが、車なら三分ほどの距離なのである。

それで公衆電話にはいったのだが、さあ、自分の家の電話番号の記憶がない。しばらく苦吟して、やっと八二二×だけ思い出した。

――で、その数字をまわしたが、むろんそれでかかるわけがない。あとは何も思い出せない。

私はまたタクシーの行列に引き返したが、十分ばかりして、気泡の浮かぶがごとく〇四二三という数字が出て来た。これだこれだ！　と、私は歓喜して、また電話のほうへ駈け戻った。ところが電話は、依然として、

「その電話番号はありません。……」

と、いったかどうか、これもハッキリ記憶はないが、とにかくそんな意味の無情なテープの声を返すばかりだった。

で、また私はシオシオと行列に戻った。何度もはじめから繰返すから、行列の長さはいつまでたっても同じことである。また十分ばかり並んでいて、ついに奇蹟のごとく〇四二三―七五―八二二×の全部がひらめいた。こんどこそまちがいない！

ところが、電話にムシャブリついて、この番号をまわすと、また「その電話番号は

……」という悪意に満ちた冷酷なテープの声が。……

地元だから、最初の〇四二三は要らない、ということを私は知らなかったのである。

私は絶望し、カンシャクを起し、ついに電話もタクシーもあきらめて、雨のショボふる深夜の坂道をトボトボ歩いて帰っていった。

その私が、十何年か前、前の住所に住んでいたころ、なまじ番地と電話番号を記憶していたばかりに、かえってとんでもない滑稽な失敗をやったことがある。

ヨーロッパにいって、向うでの買物は順次小包で日本の自宅に送ったのだが帰国後それが続々到着しはじめて、あるとき家内がふと気がついて驚きの声をあげた。

「まあ、よくこれが無事に着いたわねえ！」

なんと私は、自分の住所の番地の代りに、全部電話番号を書いていたのである！

消えゆく手紙

毎日郵便物は山のようにくるけれど、そのなかで封書ハガキのたぐいは数えるほどで、しかも「手紙」といえるものはさらに稀（まれ）といっていいありさまだ。その理由は、むろん電話である。電話で何もかもつとまるからである。

私自身は、電話をかけるのも、かけられるのもあまり好きではない。こちらから電話をかけても相手がその場にいないことが多いし、電話で何かたのまれても、その瞬間までまったく考えたこともない内容が用件だから、とっさに当惑することが多いからだ。

それに電話だと、ききちがい、瞬間的忘却などのミスも起り得るので、私はちょっとした用件でもハガキを使うことにしているが、それでも私自身も手紙を書くことが珍らしくなった。何年か前に買った切手が、いつまでも机の抽出（ひきだ）しのなかに残っている始末である。

私のような、もの書きを仕事としている人間でもそうなのだから、世のなかの一般の人はもっと手紙を書かないだろう。営業用の書類など封書で送っても、あれは手紙ではない。

もっとも、昔からむろん電話はあった。が、昔は電話はただ連絡的な用件に用いられ、向うの安否をうかがったり、こちらの近況を知らせたりなどという人間くさい事柄は、手紙を書くのがふつうであったような気がするが、いつのころからか、それが逆になった。

いまでは、特に女性や若い人に多いが、電話でながながとおしゃべりし、封書やハガキは仕事上の連絡に使われることのほうが多くなった。

いまごろラヴレターなど書く青年や娘があるのか知らん?

この変化は目立たないけれど実に大きな社会的現象の変化だと思う。

小説でも、昔から手紙文学とでもいうべきものがあった。全篇手紙形式から成り立っているものもあるが、たとえば漱石の「こころ」「行人」や太宰治の「斜陽」など、ラストの手紙体文章が人を感動させる効果をあげているのだが、社会的現象として手紙という風習がなくなれば、そういう文学も出現しなくなるわけだ。

文豪の全集のなかの書簡集なんてものも消滅する。

もっとも、よく考えてみると、いわゆる文豪と呼ばれる人々の書簡集でも、読んで感心するものは少ない。

そもそも人々が意志を告げるのに、手紙より電話を使うことがふつうになったのは、ただ電話の普及によるものではなく、昔から手紙を書くことをニガテにする人々が多かったせいだと思う。

手紙を書くとなると、写真に馴れない人がカメラに相対したときのように、意識的無意識的に改まってしまうのである。そしてその反応は、文豪でさえもまぬがれがたいようだ。だからその書簡集が面白くないのだ。特に、その手紙が後世に残ることを意識のうちにいれたようなものはイヤらしい。

この点、冠絶しているのはやはり漱石である。私など、漱石の小説、俳句、漢詩などにまさるとも劣らないのは、その書簡集ではないかと考えているほどである。

漱石は、実に気軽に手紙を書く。ほんのハガキの数行にも情愛があふれ、ユーモアがある。全然身がまえも気取りもない。むろんその手紙が集められて後世に残るなどということは、ゆめにも考えていない。

漱石書簡集は厖大（ぼうだい）なものだが、私の感じでは、いま残されているものの数倍の量、漱石は手紙を書いたのではないかと思うが、その失われた手紙を思うと甚だ残念だ。

その漱石の鷗外宛書簡を私は一通持っているが、書画骨董を集めるなどという趣味も力もない私にとって最大のタカラである。

手紙は俳句に似ていると考えることがある。

これには知識はいらない。小細工は無用である。天真流露がいちばんいい。

私もながいあいだにいろいろ手紙をもらったが、いままでにいちばん心に残っているのは、息子が戦死したあとその悲しさを訴えた伯母の手紙と、遊廓の——そんなものがあった時代——女からもらった手紙と、そして私の家に女中にきたいといってきた中学生の女の子からの手紙であった。みんな無学な女性の手紙ばかりであるところが一奇である。

接吻という言葉から

ある夜、接吻とはずいぶんむずかしい言葉だな、と考えた。念のため調べてみると、漢和辞典にはない。明治のはじめ、だれか日本の学者がこういう訳語を作り出したのだろう。日本には古来から口吸いなどという言葉はあったが、キスは頬(ほお)にも手にもやることがあるので、こういう訳語を考えたものと見える。唇ではなく吻という字をあてた学者の心理を想像すると可笑(おか)しいが、それにしても馴れということはふしぎなもので、このむずかしい文字にも人々は胸をドキドキさせたのである。

——接吻という言葉にかぎらない。実は私は、仕事をしていて、その仕事とはまったく関係のないことがふと頭に浮かび、気にかかり、よくこんな無用な調べごとをやる。

先日も、シッポク料理やシッポクうどんのシッポクが気になり出した。

いや、その解説も何度か読んだし、卓袱（しっぽく）という字も見たことがあるし、長崎のシッポク料理も京都のシッポクうどんも食べたことがあるのだが、しばらくすると、はてな、シッポクとは何だっけ？　と首をひねるのである。これはシッポクも卓袱も、意味ある言葉、文字として印象されない上に、長崎のシッポク料理と関西のシッポクうどんがまったく別物なので、かえって混乱をきたすせいと思われる。

漱石の「門」に、主人公が「今」という字を見ていて、「どうも字というものは不思議だよ。いくらやさしい字でも、こりゃ変だと思って疑ぐり出すと分らなくなる」とつぶやくところがあるが、「料理」という文字も、眺（なが）めていると奇怪なものに見えてくる。

いま字引を調べてみると、料はハカル、計量する、理はオサメトトノエル、処置する、という意味があるとのことだが、これがくっついて、どうしてクッキングの意味になったのか。これもどうやら中国にない日本の造語らしいが、料理という字をじっと眺めていると、何だか物理学用語のようで、ちっとも料理らしい感じがしない。

これとは少し趣旨がちがうけれど、料理を持ち出したので、ついでに食物やクッキングの用語を考えてみると、シッポクうどんのシッポクはおろか、うどんの方もわからない。てんぷらもわからない。そのもっともらしい説明を読んだこともあるのだが、それでも釈然としない。

オジヤ、オヒタシも不可解である。

刺身というけれど、刺すとは妙な言葉だと思う。事実上、切身は別物だけれど、刺身だって切身ではないか。

文字のことをいうと、豆腐の腐の字もおかしい。よくこんな汚い文字を食物に使用して、平気なものだ。――そう考えた人があるらしく、京都などで「湯豆富」とかいた旗が出してあるのを見たおぼえがあるが、豆富なんてかかれると、かえって美味く（うまく）なく感じられるから妙である。そういえば「貴腐ワイン」といわれると、腐の字がかえってとうとく感じられるからふしぎ千万。

味噌の噌の字。醬油の醬の字の意味を知っている人がどれほどあるだろうか。徳利の由来も、包丁（ほうちょう）の由来もわからない。「おかず」も何のことか、私には不明である。

これは漢字ではないが、レバを食うとはいうけれど、肝臓を食うとはいわない。外国ではむろん肝臓の意味でレバといっているのである。この日本独特の言語感覚は町のヤキトリ屋でも発揮されて、ハツとかマメとか呼んで、心臓、腎臓とかいわない。その代り、知らない人にはわからない。

その外国語の使い方も、西洋皿にのったものをライスといい、茶碗に盛ったものを御飯という。ライスにカレーをかけたのをライスカレーといい、ライスとカレーが別々になっているのをカレーライスという。インド人がきいたら頭をかかえるだろう。

南京豆というとカラつきで、落花生はウス皮つきで、ピーナッツはウス皮をとったやつ、だそうだが、ちがってましたかな？　とにかく私も頭がこんがらがってくるくらいだ。

エロといえば下品だが、エロスというと上等になるらしいが、これもよくわからない。

言葉の使いわけどころか、日本は独立国のはずなのに、商品名を外国語にするのはこのごろいよいよひどくなって、私など、車か衣料か食物か雑誌か、サッパリわからないものだらけである。何もかも日本語でやれとはいわないが、最近のカタカナの洪水はただごとではない。一種の社会的精神異常と診断せざるを得ない。

要するにわれわれは、サッパリわからない言葉の中に埋まり、まことにいいかげんな言葉を口走って、平然と暮しているのである。

が、考えてみると、外国に対して自分の国名をジャパンという。いや日本人自身、ニホンかニッポンかわからないという、こんな国は全世界にない。

恐怖いろいろ

現実に体験した恐怖として、まず頭に浮かんで来るのは、古い話だが、やはり空襲である。それも、最初の空襲である。

Ｂ29は、昭和十九年十一月一日にはじめて東京上空に姿を見せた。しかし、それから一ト月近くは、一機ないし数機で、ただ東京の空高く横切ってゆくばかりだった。偵察していたのである。それがついに十一月二十四日の真昼、爆撃を始めたのだが、このときは私は東京にいなかった。正確にいうと、当時私は医学生であったが、ちょうど富士の裾野に軍事教練にいっていて、その帰途に東京空襲を知ったのである。

このときは、兵隊の真似ごとをしていたのと、昼間であったので、恐怖どころか、子供みたいにはしゃぎまわった。

ところが、それから五日おいて、十一月二十九日の真夜中から三十日の未明にかけて、東京はこんどは最初の夜間爆撃を受けた。

冷雨がビショビショふりしきる深夜であった。サイレンは泣くような音で鳴りつづけている。半鐘も打ち鳴らされている。そして、雲の上をぶきみな爆音が這いまわり、ときどき、ドドドド……と大地が震動する。爆撃のひびきだ。そして町の遠い地平線が赤く染まって、それが魚のはらわたみたいに雲に照り返している。

この夜が、いちばん怖かった。正直なところ、ガタガタとふるえた。

死の恐怖、しかも初体験ということもあろうが、それより、それが闇黒の中だという条件のほうが陰惨性を倍加したようだ。闇は人間を幼児に戻す。

しかし、人間は、いかなる状態にも馴れるものである。

以後、それにまさる大空襲は何十回と経験し、とうとう町じゅう燃えあがる炎の中を駈けまわるような目にもあったが、この最初の夜の空襲以上の恐怖をおぼえたことはない。むしろ、田舎にいって、人々が空襲を怖がるのを見て失笑したくらいである。

そして、さらにそれ以後……戦後の三十年、ふりかえって見ると、それに類した恐怖、そしてこれに匹敵する恐怖はいちども味わったことはないようだ。泰平のありがたさである。

それは、人生だから、いくら世は泰平でも、心はぶっ通しに泰平というわけにはゆかない。しかしそれは、恐怖というより心配事というべきものだ。――一般に、例えば入学試験に落ちる恐怖、会社をクビになる恐怖、家族のだれかが病気にかかる恐怖、など口にするけれど、これは恐怖というより、心配といったほうが正確だろう。

恐怖とは、それがただちに生命に危険を及ぼすものと思われ、しかもそれを逃れるすべを知らず、かつまた時間的に極めて切迫している事態に際して起る心理現象だろうと思う。

だから、心配事でも、それが濃縮されて右の条件に叶う程度のものになると、恐怖に転化する。たとえば病気の心配でも、ガンなどになると、これは恐怖の部類になって来る。

また、一種の心理現象だから、客観的にはそれに当らなくても、当人がそう思いこんだ以上、恐怖に襲われることはむろんである。

その極端なかたちがいわゆる夢の中の恐怖で、例えば飛行機から落っこちるとか、カバに追っかけられるとか、醒めてみれば抱腹絶倒するようなことでも、夢の中では本気で「ギャーッ」と悲鳴をあげるのは、だれでも経験することである。幽霊のこわさなどもその通りで、現実に幽霊を見たなどという人はまああるまいが、しかし夢の中で死んだ人間に逢って、冷汗三斗の思いをしなかった人もまた、一人もないだろう。

考えてみると、夢の中の恐怖ほど、恐怖の純粋形はあるまい。

——ところが、いま再考してみると、夢ではない現実のことで、しかも右の定義にあてはまらない恐怖も存在することに気がついた。

それは、大袈裟にいうと、世の中の人みんなが変で、自分一人が正気だと思う事態になったらどうしよう、それに近い事態はこの世にあり得るのではないか、という恐怖である。

この世でいろいろ問題になることは、たいてい両論があり、しかも私はその両論にナルホドと思うことが多い。しかし、どうしてもナルホドと思えないことがある。それは例の田中金脈事件である。

田中サンが打出の小槌のごとく巨富を生み出したカラクリはいまや明らかであり、だからあわてて総理大臣をやめたのだろうが、それだけですむ話ではない。一般国民なら、まず懲役ものだ。

しかるに本人はこのまま頬かむりで押し通し、どうやら黒幕の統師としてやってゆくつもりらしい。

国税庁も検察庁も八百長的にちょっとぶつまねをして見せただけですまし、新聞までが「金脈事件はもう終った終った」と水をかけるのに懸命なように見え、田中派はますます増加しつつある。……私などから見ると、大臣も議員も役人も新聞も、何だかマフィアの一団のような感じがする。

これは心配どころではない。私にとっては、オーバーにいえば「国家観」をゆるがせる、まさしく恐怖的な事件である。

私の漢字假名意見

今月は暑いさなかだが、少しこむずかしい意見をのべる。

このごろのカタカナばやりは正気のサタとは思えない。

創刊の新雑誌はことごとくカタカナで、それも英語、フランス語、イタリア語、スペイン語、はてはトルコ語、どこの国の言葉ともわからず、雑誌どころか、車か電気製品かレストランかファッションか会社の名か、まるで判別ができない。

こんな現象は世界じゅうで日本以外にはなかろう。シンガポールのリー・クワン・ユー前首相が「日本人は何事でも、いっちゃうところまでいっちゃう国民だから」と、畏怖とも嫌悪ともつかぬ批評をもらしたのは、こういうところにもあらわれている。

こんな事態にたち至ったのは、まあそのほうがハイカラに見えるという、特に若い人の感覚に媚びてのことだろうが、もう一つ重大な原因があると私は思っている。

それは西洋風の言葉への好みというより、漢字への反撥からではないか、ということである。つまり若い人の多くは、漢字や漢語が読めなくなってしまったのである。

先日、女子大生が、ノー豆（まめ）ってどんな豆でしょう、と訊（き）くので問いただすと、それは納豆（なっとう）のことであったという、ある大学の先生の文章を読んで笑ったが、もういちど考えると、納豆をナットウと読めないほうにも相当の理由がある。

知っている人間から見れば、知らない人間の無知を笑えるだろうが、すべてを知っている人間はこの世にないのである。

私など、とにかく文字と言葉をあやつる職業でありながら、ふと気づくと、その言葉や文字について、はてな、と首をひねる例がしょっちゅうあり、本来の仕事とは別にそのことについて、調べ出さずにはいられない事態に追いこまれる。

恥をしのんで、最近の例をあげれば、

「殺風景（さっぷうけい）」という言葉の語源。

「甲板」の甲、なぜこれを甲（かん）と読むのか、甲板長はコウハンチョウと読むのである。

「片男波（かたおなみ）」。相撲にも片男波親方なんてのがあるが、その意味と語源。ついでにいえば「相撲」と書いて、スモウと読むのも本来ならむずかしい。

「秋津島（あきつしま）」。蕪村の「稲妻や浪（なみ）もて結（ゆ）える秋津島」は私のきわめて好きな句で、秋津島は日本の古名の一つだが、その語源。

というのか。

「月代」。これをどうしてサカヤキと読み、また額を剃りあげる習慣をなぜサカヤキ

はては、毎日のように新聞で見ている「福祉」の祉の字の意味さえ知らないことに

気がついた。ついでにいうと、この福祉、辞書はともかく一般には戦後の言葉だろう

と思っていたら、太平洋戦争で特攻隊を送り出した海軍航空隊の猛将大西瀧治郎中将

が、敗戦時割腹したときの遺書に、

「日本民族の福祉と世界人類の和平のために最善を尽くせ」

という文章があるのに眼をパチクリさせた。戦前の数々の勅語のなかにでもあった

のかな。

右にあげた例、どれもこれもソートーに難解ですぞ。いま恥をしのんで、といった

けれど、これを即座に解答できる人はそんなに多くないだろうと思う。真夜中にこう

いう疑問にとりつかれると、急ぎの原稿があるときはまったく往生する。

人名にも難読のものが少なくない。私の知っている編集者にも、熙、懋、なんて名

の人があって、前者はヒロシ、後者はツトム、と読むのだが、手紙をかくときにいつ

も当惑する。

人名といえば、昔、昭和二十年代の末、私の長女が生まれたとき、悠子ときめて、

私自身区役所にとどけにいったら、悠の字は人名制限にかかるから受けつけられない、といった。

現代では悠の字の名は最も好まれるそうで、この制限からはずされたらしいが、そのころはまだそれほど多くない名であったし、そもそも役人が人の名を制限するのはお上による一種の言葉狩りではないか、という気もあったが、とにかく熙、燃に類する難読の名も世に少なくなかったから、ある程度の制限は必要かも知れない、という考えも一方にあったので、私はその場で別の名にさし替えた。

すると、区役所の小役人の権化(ごんげ)のような人が、

「ほほう、奥さまにことわらず、あなたがそこで独断できめていいのですか」

と、眼をまるくした。

「私が父親だから大丈夫です」

というと、

「ひゃあ、うちだったら、私が勝手にそんなことをしたらたいへんですわ」

と、奇声を発した。

相当な年配の人であったが、どうやらそのころから父権はゆらいでいたらしい。

難読は、むずかしい字にかぎらない。一見易しい字でも読みわけるのがむずかしい

場合もある。

大なんていちばん簡単な字だが、これをダイと読むか、タイと読むか、オオと読むか。（辞書によると、どういうわけかオウとは読まないらしい）

ふつうダイと読むことが多いが、大陸、大義、大金、大群、大衆、大病、など、タイと読む場合もけっこうあり、なぜ大陸（たいりく）であって大陸（だいりく）ではいけないのか、まるで理屈が通らない。

さらにオオとなると、大足、大汗、大男、大穴、大奥、大御所、など、これも例少なからず、なかには大地震のごとく、ダイジシンかオオジシンか、どちらでもいい場合もある。

これに太の字が入りこんで、ますます混乱する。なぜ一方は太平洋で、一方は大西洋なのか。英語にもどしてやっと納得する。

その太の字の「太平記」で、ＮＨＫの大河ドラマで「大塔宮」を「オオトウノミヤ」と読んで、「あれはダイトウノミヤのまちがいではないか」という投書が殺到したというが、これなどもダイと読むかオオと読むか、何百年もまちがって読まれてきたことの好例である。

中曾根前首相も、大規模をオオキボといっていたが、これなども政界に言葉の御意見番オオキボ彦左衛門が必要なのかも知れない。

さて私ははじめに、いまの正気のサタとは思われないカタカナばやりの大原因は、若い人の漢字漢語拒否症にあり、その拒否症は読めないことから発しているのではないか、といった。

その読めない理由は、昔のように新聞雑誌にフリガナをつけなくなったことにある、というのが私の考えである。（このフリガナのことをルビともいうが、このルビの意味が気にかかって、先日調べました）

一国の言葉を二種の文字を並行させて表現する、などいうことは視覚的にも醜悪である、というのがカナモジ論者の見解であったが、カナ文字ばかりではベンケイガナのていたらくになり易く、やっぱり漢字カナいりまじりの文章をかくしかない日本語だが、漢字カナを並行させるフリガナも醜悪かも知れないが、いまのように「歪（ゆが）める」式の重層はもっと醜悪である。

要するに、狂的カタカナの流行の原因は、風が吹いて桶屋（おけや）がもうかる式にいえば、新聞雑誌のフリガナ排除にある。

日本人を近眼から予防するため、というのもその大義名分であったが、それで果して近眼がへったか知らん？

実際は印刷の手間をはぶくためのフリガナ敬遠であったのだが、その手間を惜しんだ結果が漢字拒否症で、これは一つの文化的大罪ではあるまいか。

というのが私の出したい結論であったのだが、漢字をのぞいたカタカナ、ひらがなも、これはこれで厄介である。

カタカナでは、「シ」と「ツ」、「ス」と「ヌ」、「ソ」と「ン」、「コ」と「ユ」など混同しやすく、ひらがなでは「あ」と「お」、「た」と「な」と「に」、「て」と「こ」、「ぬ」と「ね」、「い」と「ひ」、「は」と「ほ」、「む」と「お」など、活字ならともかく肉筆では実にまぎらわしい。

特に混乱するのは「ツ」と促音便の「ッ」で、たとえば「カムチャツカ」か「カムチャッカ」か、「ウオツカ」か「ウオッカ」か。きいているとNHKのアナウンサーでも人によって双方ちがう。

私は前者のほうが正しい、正確にいえば「カムチヤトゥカ」「ウオトゥカ」ではないかと考えていたが、ロシア語に詳しい人にきくと、ツの発音は微妙らしい。正確にいえば、といったが、日本語では発音できないのかも知れない。

日本語ではLとR、BとVの発音の使いわけもできないので、バレーは球技で、バレエは舞踊だ、などというのは可笑しくもいたましい。

ギョエテとはおれのことかとゲーテ言い。

第二次大戦でチャーチルは、「日本人がいまの日本語を使っているかぎり戦争には勝てない」と喝破した。そういわれても日本という国は、これから千年も万年も、カタカナ、ひらがなを使って、やってゆかなければならないのである。それなのに、何もまちがい易い、まぎらわしい文字でがまんしてゆく必要はない。いっそ新しいカタカナ、ひらがなを幾つか創造して変更追加したらどうか、というのが私の持論である。なに、五年もやれば新文字に馴れる。そもそもいまの新かなづかいだって、すぐに馴れたではないか。

しかし新文字といえば、いまの常用漢字、たとえば「虫」。これしかなかったら乱歩の名作「蟲」は書かれず、志賀直哉も「豊年蟲」という題はつけなかったろう、と先日ふと考えたことがありますがね。

それはともかく、漢字、ひらがな、カタカナも厄介だが、一国にして数種類の言葉や文字がある、などという国々にくらべれば、まだ倖(しあわ)せのほうかも知れない。

盗作雑談

私の書斎の一隅に、縦七十センチ、横一メートルくらいの額装の書がかかげてある。

「天窓有影
刻己放史
衆徳円融
どんぶり勘定
　　遥偲利休居士偈
　　　杉田有窓子」

と、書いてあるように、これは杉田有窓子という人の書である。

亡くなられて、もう五、六年になるだろうか。豊橋の人だが、いかなる素性の方なのかも知らず、お会いしたこともない。

それが「燕雀」という個人誌を出しておられて、どういうつてであったか、私のところへもその雑誌を毎月送って下さるようになった。内容はご自分および同憂の士の論文随筆のたぐいで、いまの風潮からするとやや右寄りといえるほうかも知れないが、決していわゆる右翼などではなく、ただ憂国の志にみちたものであった。

何年か送っていただくうち、そんな雑誌を作るにも、何百人かに送るにも、決してあり余ったお金があってのことではないらしいということが想像されたので、あるときお礼の意味もふくめて若干の寄附をした。すると返礼として送っていただいたのが右の書なのである。

意味はよくわからないが、その文字の円満にして高雅なのに惹（ひ）かれて、私はそれを額装して書斎にかかげたわけである。

その十六頁ほどの個人誌を出すことが、杉田さんの生甲斐のように見えたが、その誌上でも、憂国の文章もさることながら、別に趣味の漢詩をのせられるのが、さらに大きな生甲斐であるように見えた。

いまその「燕雀」の一冊があるが、たとえば、

「夕宵（せきしょう）　山鳩　琴線ヲ動カシ

半夜半月　凄涼ノ色
人生豈(あに)壮強ト功業ノミナランヤ
無常ノ諦観(ていかん)　須(すべか)ラク珍重スベシ」

そして、そのあとに「詩ノ気持チ」と題して、自解の文章をつけ加えられる。

「夕刻ニ鳴イタ鳩ノ声ハ、モノ悲シク心ノ琴線ヲ動カスモノダッタ。夜半ニナルト半月ノ色ガマタ凄味ヲ帯ビテイル。人生ハドウシテ、タダ壮強ト功業ノ時ダケデアルハズガナイ。無常ノ諦メコソマサニ珍重スベキモノナノダ」

といったあんばいである。ちょっと文章に変なところがあるが、原文のままである。

さて、この杉田さんが、とんでもないしくじりをされた。昭和五十三年のことであるが、「燕雀」に、

「迷ウガ故ニ　三界ハ城ナリ
悟ルガ故ニ　十方ハ空ナリ
本来　東西無シ
イズクニカ南北アラン」

という詩を発表され、これに例によって「詩ノ気持チ」をそえられた。

ところが、これが——杉田さんの友人らしい関西のある大学のMという先生から、

「この詩は二宮尊徳の詩ではないですか」と、ヤンワリと異議申し立てがあったらしいのである。

実は私は、「燕雀」をもらってはいるが、この「詩ノ気持チ」のチがひっかかるので、毎月よく拝見していなかった。それじゃあ缶詰メと書くのか。

次の号に杉田さんの、「余はモーロクせり！」という悲痛な大謝罪の文章が掲載されているのに気がついて、前号の詩の一件を知ったのである。

どうやら杉田さんは、詩を作ると机のひき出しにいれ、発表するときに自解をつけ加えるのを習いとしていられたのだが、右の詩を感心してメモしておいたのを、つい自分が作ったものと錯覚されたらしい。

それはそれとして、私は右の詩を以前から知っていたのである。

この詩は、西国巡礼や遍路のすげ笠に、まんなかから四方に散らして書いてあるものだ。――そんなことをどうして私が知っていたかおぼえがないが、おそらく小説を書く都合上仕入れた知識だろう。

考えてみると、この四行の詩は、どれが最初の行であってもそれなりに意味が通じる――すなわち円形の笠に四方にちらし書きにするのに甚だ好都合な詩なのである。

しかも、この習いが、幕末の二宮尊徳から始まったものとは思えない。それはそのはるか以前からあった習いではないか。従って右の詩は二宮尊徳の詩ではないのではないか。尊徳がこの詩について何かいっているなら、彼は巡礼のすげ笠を見てのことではないか。

私はこういう意見を申し出た。

すると、こんどはM先生が驚かれて、「燕雀」のさらに次号に、自分はまったく尊徳の詩だとばかり思っていた。さすがに山田風太郎なり、と、私に花を持たせて下すったのである。

さて私は、自慢話をしようとして、こんな話を持ち出したのではない。「盗作」の一例として面白く思ったからである。

むろん杉田さんは盗作されたつもりはない。それが指摘されたあとの驚愕ぶり、大地に身を投げんばかりの謝まりぶりからみて、そのことはよくわかった。だからこそ私はこの高士の書をいまも書斎にかかげているのである。

が、いったい他人の詩を自作だと思いこむようなことがあるだろうか。それを自解するには、その詩を作ったときの「気持チ」を思い出さなければなるまいが、そのとき自作ではないことに気がつくのではあるまいか、と私は一抹の疑念を禁じ得なかった。

そういえばいつか、他人の文章を引用とことわらず、自分の小説中の描写に使用して、原作者から抗議を受けた女流作家があって、「秘書の手ちがいで、うっかりまぎれこんだ」云々と弁明したニュースを読んだことがあり、これにも「?」と首をひねったことがあった。

この女流作家の場合は、その弁解の意味がまるきり不明だが、杉田さんのような事例は充分あり得る、と、その後だんだん納得するようになった。

盗作ではないが、私にも似たような経験がある。あるとき、ある随筆を書いた。ところが、それと同年か翌年かに、別の雑誌に同じ内容の随筆を書いたことがある。そんなに時間はたっていないのに、前に書いたことをまるきり失念していたのである。だから文章はちがうけれど、話は同じだから、いわば原稿の二重売りにひとしい。あとになって偶然そのことを発見して、私は自分の頭をうちたたいた。これは自分が自分に対する一種の盗作である。

この最大原因は、杉田さんが「余はモーロクせり!」と絶叫されたように、ボケに相違ない。いまあらためて調べてみると、杉田さんの場合は七十一歳のときであった。いまの私とほぼ同年である。私の「同随筆」事件は、もう十年以上も前のことだが、そのころからボケの徴候がはじまっていたとすると、そのうち私も、ひとの小説をまるまる書き写した原稿をひきわたす、なんてことが起こるかも知れない。

これは「意識しない盗作」の例だが、もう一つ「罪とは自覚しない盗作」というものがある。

それどころか、その盗作の腕前が買われるものさえある。俳句にはその例が多い。そもそもわずか十七音をあやつる俳句だから、数かぎりない俳句のなかには、ほとんどそっくりなどという例が出てくるのはむりもない。

一茶に、「しづかさや湖水の底の雲の峰」という句があるが、それ以前に無名の俳人の「しづかさや湖水にうつる雲の峰」という句があるそうだ。古今独歩の一茶してすらしかりである。

この道や行人(ゆくひと)なしに秋の暮　芭蕉
門を出れば我も行人秋の暮　蕪村

草臥(くたび)れて宿かるころや藤の花　芭蕉
草臥れて寝にかえる花のあるじかな　蕪村

五月雨をあつめて早し最上川　芭蕉
五月雨や大河を前に家二軒　蕪村

葱白く洗ひたてたる寒さかな　芭蕉
易水に葱流るる寒さかな　蕪村

よく見れば薺花咲く垣根かな　芭蕉
妹が垣根三味線草の花咲きぬ　蕪村

例として両御大の句をあげたが、蕪村が芭蕉のまねをするだけではない。芭蕉も相当部分が、古典、和歌、謡曲、漢詩などからそっくり句を得ている。

またほんの数字を変えただけで、がらっとまったく異る世界が出現してくるのが俳句である。

これは芭蕉の弟子の嵐雪だが、唐の詩人杜牧の、「千里鶯鳴イテ緑 紅ニ映エ、水村山廓酒旗ノ風」という揚子江の大景を、「沙魚つるや水村山廓酒旗の風」と、みごとに日本的風景に変えてしまった。——そうそう、日本には昔から「本歌取り」という伝統があったっけ。

「本歌取り」という言葉もあれば、「換骨奪胎」という言葉もある。「焼きなおし」という意味だが、うまくゆけばとうてい盗作などと責められないものもある。

小説の場合、その面白さの大半が、アイデア、ストーリーにかかっている探偵小説や時代小説にその例がよく見られるようだ。

江戸川乱歩の長篇には、西洋の古典的推理小説や黒岩涙香の飜案物の焼きなおしが少なくないことは、人のよく知る通りである。吉川英治にもそれがある。

ご両人とも、そのことを堂々と公言している。乱歩の場合は、原作を知らない読者が多いので、自分が読み易くしてその面白さを教えてやるという先駆者としての自負さえあったように見える。戦前はこういう換骨奪胎を盗作などと責めず、そのあたりは実に大らかなものであったのだ。

吉川英治の「宮本武蔵」に登場する城太郎という少年やお杉婆さんは、初期の少年小説「神州天馬侠」の鞍馬の竹童や吹針の蚕婆を彷彿させるが、その「神州天馬侠」はいうまでもなく馬琴の「南総里見八犬伝」にならったもので、その「八犬伝」は中国の「水滸伝」の日本版である。

また「牢獄(ろうごく)の花嫁」は涙香の「片手美人」の換骨奪胎だそうで、その「片手美人」は、フランスの探偵作家ボアゴベの作品の飜案だそうだ。同じく吉川英治の「恋山彦」のもとは、なんとアメリカ映画「キング・コング」だという。

話がひとすじちがうが、その「宮本武蔵」で宿命のライバル佐々木小次郎が登場するのに、彼は突然出現しない。その前に小次郎のニセモノが出てきてひとさわぎを起したあと、ホンモノの小次郎が悠然(ゆうぜん)と淀川を船で上ってくるだんどりになっている。こういういちおう西洋くさい小説作法を吉川英治はどこで学んだのだろう？　と、私は首をひねっていたが、ああ、それはおそらく黒岩涙香だ、と気がついた。吉川英治の少年期は涙香の全盛期だったのである。これは二歳年下の江戸川乱歩と事情を同じくする。

その黒岩涙香は西洋だねの飜案探偵小説をもって、彼の発行する「万朝報」は、当時の朝日、読売の塁(るい)を摩するほど一世を風靡(ふうび)したのであった。

飜訳ではない、飜案である。そのころの読者になじむように、題名も「レ・ミゼラブル」を「噫無情(ああむじょう)」、「モンテ・クリスト伯」を「巌窟王」と変え、主人公の名も日本流に変えたのみならず、小説も完全に「涙香物」と呼ばれる一世界を作り出していた。が、それら改題したものは、いまも何かの拍子に人の口にのぼるほど有名なものになったが、さすがに文章は数十年後の読者には読みづらいものになったので、乱歩はさらに自分流に書きあらためたのである。

これでもいまなら問題になったろうが、そのころは別にだれもとがめず、怪しまなかった。

戦前にはかぎらない。また俳句や小説にかぎらない。大昔から日本人は、人のものを失敬することに罪悪感を持たなかった。よくいえば学ぶことを恥とせず、悪くいえばものまねに無神経であった。

あるとき身のまわりを見まわして、憮然（ぶぜん）としたことがある。

日常生活で純日本製の建具や道具は、タタミと障子とフスマくらいしかないことに気がついたからである。その和室も、わが家は十三室あるが、そのうち四室にすぎない。あと九室は洋間だ。そして、そこにあるテーブル、椅子、冷暖房器、テレビ、冷蔵庫その他あらゆる電気製品のすべてが——そのモトは西洋人の考えたものである。

日常生活ばかりではない。いまの社会制度そのものもことごとく外国を模倣したものだ。日本は、いわば盗作で成り立っている国家である。

よくこれで日本は、ハイテクで世界のトップなどといえたものだ、と苦笑のほかはない。

明治の開国以来百二十余年、これだけ文明開化の産物を受け入れていながら、日本人が人類の生活に革命的影響を与えた発明は一つもない、と考えると落莫の感を禁じ得ない。

日本人は独創力という点で根幹的欠陥があるのではないか、と疑惑をいだかないわけにはゆかない。

その原因について、私は日本の最高道徳「和」の精神にあるのではあるまいか、と考えたことがある。

どういうわけか日本人は、「和」という言葉が大変気にいって、聖徳太子は「和ヲ以テ貴シトナス」を憲法第一条としたくらいだし、そもそもそれ以前から日本は国名すら和国ないし大和国としていたことは、「魏志倭人伝」から明らかだ。

和はいいが、一方でそれから逸脱するものを許さない。個人で突出すれば村八分になる。それどころか異端者と認められた者は、明治の大逆事件に際し佐藤春夫が、

「げに厳粛なる多数者の規約を裏切る者は殺されるべきかな」

と、痛絶の感慨をもらしたような結果になる。

エレキテルを作り出した平賀源内は――これだってオランダ渡りだが――かんちがい殺人によって入牢し、牢死したということになっているが、真相は妖雲につつまれ

ている。この当時の牢死は暗黙の処刑である。たとえ源内が殺人を犯さなくても、しょせんはぶじにタタミの上で往生できない人間であったろう。へたに独創すると、切支丹の妖術として罰せられた。処刑されないまでも、昔から発明家は、日本では不遇であった。

この伝統は、無意識のうちに現代までも伝えられているのではあるまいか、いまでも会社の研究所などで何か発明しても、その功績は個人のものでなく会社のものとされる。すなわち私の見解によれば、日本の奇怪なばかりの独創力の欠如は、「和」の精神のもたらしたものである。

これにくらべて西洋人は、発明者、発明者個人に巨富を与えるのはもとより、英雄や大芸術家とならんで、彼らの名を町、公園、橋、大通りなどに冠してたたえる。

自国民のみならず、縁もゆかりもない外国人の名を使うこともいとわないのだから驚く。先日もトーゴーという、東郷平八郎の肖像のレッテルを貼(は)ったビールをのんだら、フィンランド産であった。たしかトルコにも東郷通りという街路があるそうだ。

フィンランドのビールどころか、サンドイッチまで、ばくちをやりながら食事したいという十八世紀のイギリスのサンドイッチ伯爵の名によるものだと知って笑い出した。

発明者、発見者の名を、科学上の単位（例えばワット、キューリー）に使うのはいいとして、病気の名にまで使うのは（例えばパーキンソン氏病、コルサコフ精神病、最近話題になっているアルツハイマーだってドイツの医学者の名だ）おそれいらざるを得ない。

もっとも西洋人もときに換骨奪胎をやることがある。

モーパッサンに、「脂肪の塊（かたまり）」という名作がある。

普仏戦争に際し、ドイツ軍に占領されたフランスの田舎町から、貴族や議員や実業家や社会主義者や修道尼たちが、一台の馬車で脱出しようとする。

彼らのなかに一人、町で「脂肪の塊」と呼ばれる、まっ白にまるまるふとって、ながいまつげと接吻を待っているような小さな肉感的な唇を持った、可愛らしくて妖艶（ようえん）な売春婦がいる。

一同の迷惑げな軽蔑的な眼に彼女は身をちぢめていたが、やがて食事どきになると籠（かご）をとり出して、煮こごりの雛鶏（ひなどり）やパイや砂糖菓子や果物の食事をとりはじめる。あわてて出発したので、ほかの連中は弁当を忘れ、やがて空腹の極に達した。「脂肪の塊」はそれに気がついて、自分の食料を一同にわかつ。

さてある町に到着したとき、ドイツ軍の検問にひっかかり、独軍将校は「脂肪の塊」に眼をつけ、彼女を抱かせなければ通行は許さないと、いい出した。「脂肪の塊」は愛国心から拒否するが、ほかの連中は必死に犠牲の美徳を口にして彼女を説得する。「脂肪の塊」はついに説き伏せられた。

数時間後、通行を許された馬車はまた走り出した。一同の軽蔑の極の眼のなかに、「脂肪の塊」はいよいよ身をちぢめている。やがてみな空腹をおぼえ、こんどは用意したご馳走を食べはじめたが、そんなものを用意するいとまもなかった彼女にだれも与える者はいない。

ふりしきる雪のなかを、「脂肪の塊」のすすり泣く声をのせて、馬車は走ってゆく、……という、残酷で哀切で皮肉な物語だ。

ところが、です。

これはだれもご存じだと思うが、ジョン・フォードの西部劇の代表作ともいうべき「駅馬車」が、この「脂肪の塊」から着想を得たものであったとは!

そういえば、一台の馬車に乗り合わせた人々がインディアンの襲撃のなかに人間性の縮図を見せるという趣向は同じだが、それにしてもこの壮絶な映画がモーパッサンの皮肉な中篇小説を下敷きにしたものであったと知って——たしかフォード自身の打明け話だったと思うが、残念ながらその本の名を忘れたけれど——私は茫然とせざるを得なかった。

「換骨奪胎」もここまでゆくとたいしたものである。

さて、いまの日本の産業も生活もことごとく盗作で成り立っているようなものだが、それでいて経済力で世界に冠たる存在となってしまったとはこれ如何(いか)に？

これは大怪事だと私など頬をつねっているのだが、天網(てんもう)カイカイ疎(そ)にしてもらさず、その怪事はいつまでも通らず、このごろようやく特許やら知的所有権やらでアメリカから莫大な金を召しあげられる日本の会社が出はじめた。これを厳密にそもそものオリジナリティまで遡(さかのぼ)って請求されると、日本の全産業、全生活は雲散霧消してしまうのではないかと思われるが、ま、いちどそういう目にあわないと、日本人の「独創性」は永遠に掘り出されないかもしれない。

インタービュー

ときどき電話アンケートというものがある。これが当方の意見通りに受けとられたためしがない。

このあいだもある女性週刊誌から、夫の出勤後を狙ったサギ漢が、「ちかくで社長の車が故障したから」と称して百数十人の夫人から修繕費をまきあげたという事件についてどう思うか、ときいてきた。

「そんなことは人生にそうたくさんあることじゃない。百のうち一つだまされたからといって、九十九疑うような女性になって欲しくない。そのサギにかかった女性たちの善意はむしろ敬愛すべきものとかんがえる」

と答えた。われながら穏当な意見だと思う。すると雑誌には、

「女性は百のうち九十九までだまされるばかな生物でアル」

と出た。これじゃだいいち論理が通らない。

それからある週刊誌で「黒沢明論」をやるからといって、これは直接意見をききに来た。じぶんのことについてのインタービューなら大きらいだが、ひとをほめることなら結構だと思って、黒沢明監督を大いに称揚した。

すると、突然、「山田風太郎とくらべてどうです」という。私は苦笑して、「それは黒沢さんを太陽とするなら、僕など蠅（はえ）の頭みたいなものです」といった。

こんどは「じゃ池田首相とはどうです」ばかなことをきくものだと思いながら「そりゃ蠅の頭にくっついたクソみたいなものでしょうな」と答えた。

むろん本論とは何の関係もない冗談である。

ところがその週刊誌に出た記事をみると、「黒沢は太陽、池田首相は蠅の頭のクソ」と出ている。その間に山田風太郎がはさまっていたことなど一行も書いてない。

するとまたべつの週刊誌がこの記事を見てやって来て「あれは池田首相が税務署の親玉だからか」という。私はしからざるむねを答え、「そんな冗談は、言葉のはずみでだれだっていうじゃないですか」といった。

「しかし、一国の首相を蠅の頭と呼んで、名誉キソン罪で告訴されたらどうします」

「そうテキがおいでになるなら、こっちにもいい分がある」

というわけで、私は例の——政界の実力者たちが膨大な献金を私用につかいながら、税金の方は失笑したくなるほどの過少申告でまかり通っている――国民の大半が抱いている疑問についてのべた。そして――

「政治家が多額の費用を必要とすることは認める。しかし収入があったら何につかおうと国民と平等の税率で納税しなければ、徴税感覚というものがヘンになりやしないか」

といった。ずいぶん低姿勢でいったつもりである。

しかるに雑誌には「山田風太郎氏大いにイカる！」「池田首相を蠅の頭とキメつける！」とますます大きな活字でやられている。その由来についての私の説明など、ぜんぜんきいてくれていない。まったくもてあました。

つくづくとインタービューにはコリた。私に悪意のない記事にしてしかりである。政治家がうなぎみたいにヌラリクラリした答弁をやる理由もよくわかった。

私はいろいろな事件で、新聞記事だけでたちどころに批判を下す評論家たちの度胸に感服する。もっとも彼らの意見も、この手でやられているのかもしれない。

クミトリ屋と小説の未来

　ほんとうに調べてみる気になったらわかることだろうが、外国のトイレのことがよくわからない。

　腰かけ式水洗トイレといっても、大昔からあったわけじゃあるまい。だいいちあれは水道と下水道が整備されていないと不可能だが、いくらヨーロッパでも、大昔からそれがあったはずがない。中世、ヴェルサイユ宮殿だって、貴婦人たちは、あの大きなスカートを利用して庭園でやっていたという話を読んだことがある。それどころか、現代だって、水道も下水道もない場所に家があるケースもあるにちがいないから、そんなところでは、いったいあとの始末をどうしているのだろう?

　どうしたってクミトリ式しか考えられないが、外国映画でも外国文学でも、そんな描写を見た記憶がない。「レ・ミゼラブル」でもユゴウは、排泄物を肥料とする東洋の知慧に、逆説的に感心している。また、終戦後、アメリカの進駐軍が、日本の肥運(こえ)

搬車を見て、軽蔑とユーモアをこめて、ハニー・カート（蜂蜜車）と呼んだ。しかし、アメリカだって、あの広大な国のどこかには水道も下水道もない集落もあるだろうに、そういうところではどうしているのか知らん？

それはとにかく、日本では、以前、クミトリ屋が長い柄杓（ひしゃく）で汲（く）んだやつを桶（おけ）にいれ、それを荷車に乗せて遠い畑に運んでいた。進駐軍が笑ったのはこの車である。

それが、いつのころからか、バキューム・カーというものに変った。あの黒ずんだタンクに大蛇のようなホースを巻きつけたしろものは、ブラック・ユーモアそのもので、一方ペーソスのあるソバ屋の自転車のソバ運搬器とともに、日本人の誇るべき唯一の――じゃない、二大発明だ、と私は思っていた。しかしよく考えてみると、バキューム・カーという名の通り、あれもやっぱりアメリカから来たのかも知れない。

……そのバキューム・カーも、最近はめったにお目にかかれなくなった。

さて、昔は日本は、すべてクミトリ式であったのである。

私の知っているころは、むろんクミトリ代はこちらが支払った。ところがさらにそれ以前は、クミトリ人の百姓のほうが、金ではないまでも、米や野菜などで、その代償を支払ったのである。

天保年間の滝沢馬琴の日記によると、このころ馬琴の家族は七人で、その肥を汲む練馬の百姓は、一年に干大根三百本と、茄子を家族一人当り五十個納める契約をしていた。ところが、その家族七人のうち二人は四歳と二歳の幼児で、排泄量も一人前とはゆかないから、百姓はこれを人数外として五人と計算し、その分だけしか茄子を持って来なかったため、馬琴は頭から湯気をたてて立腹して、その茄子をつき返したことを書いている。馬琴のケチぶりを語る有名な話として伝わっているが、しかし馬琴としては、損得よりも、その契約違反ががまんならなかったのである。

とにかく、当時はこういう相場であったらしい。

それが、いつ、供給者のほうがクミトリ代を支払うようになったのか、おそらく明治か大正のころ立場が逆転したのだろうと思うけれど、都会と田舎のちがいもあるだろうし、正確なところは私にもよくわからない。

何にしても、時勢とともに「生産者」のほうが金を支払う立場になるということがあり得る、ということをこの事実は教える。

そこで、私は、小説もそのうちにそうなるのではないか、と思う。――

いまでも、金を払ってもテレビに出たいという人はウジャウジャいるだろう。げんに、自分が金を出しているコマーシャルに出て、「人類はみな兄弟」などやっている人物もいる。世の中には、法律違反ではないにしろ、社会慣習上やってはいけないタブーというものがあり、スポンサーが自分でテレビに出演することなどもその例だと思うが、とにかくこのルール違反をあえてしてまで出たがる人間がいるのである。

同様に、金を出しても自分の小説を雑誌に出すなり、本にしてもらいたい人も、雲のごとくあるだろう。——で、同人誌というものがあるのだが、あれは何といっても内輪のものだが、そうではなくて、もっと華やかに、大々的に、である。

しかし——考えてみると、だいたい自分の小説を人に読んでもらおうなんていうのが、大変なことなのである。ふとい所業なのである。

日本人の寿命は平均七十何年といわれるが、本が読めるのはそのうちせいぜい五十年くらいなものだろう。そのうち睡眠時間を除けばその三分の二の三十年くらい、つまり一万日くらいが「生きている」時間だ。その中で、その小説を読むのに一日かかれば、一万分の一の「生命」を奪われることになるわけである。二日かかれば五千分の一だ。日常生活において余暇時間はもっと少ないはずだから、実際はさらにその割合が高くなる。

それだけひとさまに貴重な犠牲を払わして読んでもらう以上、さらにその上、原稿料をもらおうなど考えるのは、まさに人非人的願望といわねばならぬ。これは断然、書くほうが金を支払うべきである。原稿料一枚〇千円とは、書き手が出すほうの原稿料であるべきである。——

で、原稿と原稿料をいっしょに出版社に持参する。出版社のほうは、プロとしてそれを選別する。その選別の費用はもとより、雑誌そのものを作る費用もふくまれるから、その原稿料は、現方式で作家に支払われるものよりはるかに高額なものになるはずだが。——そして、出来の悪いものほど、原稿料は高くなる。

では、原稿料をもらって本を出す出版社は坊主丸もうけではないかといわれるかも知れないが、そうは問屋が卸さない。その本は金を出して読者に買ってもらうのである。

つまり読者は本を買って金がもらえるのである。では、金をもらうための読者だらけになるのではないかというかも知れないが、それもそうはならない。金をもらっても読みたくないということがあるからである。

では、だれが買うかというと、小説を書く人が買う。そして、そのときもらった金を出版社に渡す「原稿料」とする。——これを生態系循環という。

とにかく、これから先は週休二日制、長期休暇制、定年後の寿命の長さ等で、ヒマ人はますますふえる。従って、そのヒマに小説を書きたいという人も、いよいよふえる。

「逆転」のときは近い。落語の「寝床」的事態は迫っている。

クミトリ屋についての疑問から発して、その変遷に至り、つまるところ小説の未来に及ぶ論、以上。

怠け者の科学

私は、汽車にのるたびにひどく感心する。「こだま」のスピードに感心するのではない。機関車の牽引力(けんいんりょく)に感心するのでもない。レールに感心するのである。あるいはこの点、飛行機や人工衛星より感心するのである。

山をうがち、河をわたり、平原をきって、大地のあらんかぎり鉄の帯をしく。——このレールというものがどこにでもあるから、誰もあたりまえに思っているが、考えてみれば、これは実に思いきった、大胆不敵なアイデアではないか。

そして思う。日本人はいい汽車は作り出せるだろう。あるいは汽車そのものも発明できる才能はあるかもしれない。しかし、その汽車を走らせるために、国じゅうに鉄の帯をしくなどというアイデアは、逆立ちしても出て来そうにない。

このまえの戦争に負けた重大な原因の一つもそれであった。軍艦をあやつり、夜でも眼の見える猛訓練をした。そして夜戦なら無敵だという自信をもった。ところがテキはレーダーを作っていた。夜戦も歯がたたず、潜水艦もグーの音も出なかったのはそのためだ。「与えられたもの」の使用は、技能オリンピックに見られるように、日本人は刻苦勉励、名人芸の域に達するが、そもそも根本のものが発明できない。というより、思いつきもしない。――この欠陥あるかぎり、日本人は永遠に二流国民の位置から脱却できないだろう。

この欠陥はどこからきたか。それは素質だといえばそれまでだが、とにかく頭脳はそう劣悪な民族ではないのだから、心がけ次第ではこの素質を洗脳することができそうなものだ。

私は、日本人の刻苦勉励主義がかえってたたっているのではないかと思う。刻苦勉励するからこそ、ここまでもっているのだ、という理屈もなりたつが、それではいつまでたっても兎と亀だ。むろん、ときどきひる寝をしても兎が勝つ。だいたいこの童話が教育上よろしくない。

西洋人が、どうしてあらゆる科学を開拓し、先端をきっているかというと、根本はどうしたら怠けていて、働いたと同様の効果をあげ得るか、という願望から発しているものと思う。汽車もレーダーも、この横着精神から出たものにちがいない。

この横着な願望は、怠け者の頭脳でなくては宿らない。それを達成するには物凄いエネルギーが必要だろうが、最初の萌芽は怠け者の夢想から出たにきまっている。外国の公園とかカフェには、終日ベンチや椅子にボンヤリ座っている人々があるそうだ。あれがこの夢みる人々の同類である。少なくとも、そういう存在がゆるされることの反映である。

日本人はいかな老人でも、あんな時間のつぶしかたはたえられない。五分でもひまがあればパチンコをやり、満員電車の中で曲芸みたいに本を読む国民である。これでは夢みるひまなどありはしない。

夢想家を尊敬しよう。人づくり教育の中にぜひ怠け者養成法を加えて貰いたい。

よその国

欧米諸国民の何十パーセントかは、日本は中国の一部だと思っていたり、独裁国だと思っていたり、原爆を持っていると考えていたりする、といい、日本の外務省のPRの努力不足を責める意見をよく聞くけれど、これはPR不足のせいだろうか。

外国についての知識で、国民的水準としては日本人は最高だと思われるけれど、それでも一般人に、ヨーロッパの地図を見せて、その国名をかくして、ブルガリアはどこか、ルーマニアはどこかと聞いたら困る人が大半なのではないか。また、イギリス、フランスでも、同様に文字を消して地図を示して、その都市の名をいえといわれたら、ロンドン、パリ以外は途方にくれるのがふつうではなかろうか。外国に対する知識は、どこの国でもそういうものなのである。外国人が日本を知ってくれないからといって、そう気にすることはないのではないか。

また、日本人が東南アジアの国にゆき、日本流のやりかたを通そうとして失敗する、とよくいわれるけれど、どこの民族でも異境にあれば同様の現象を示すのではあるまいか。

日本人はクジラをとるといって騒ぎたて、国際会議場で日本の代表に頭からペンキをひっかけて謝りもしないのが、何が紳士の国だ。それどころか、いわゆる猛獣狩りなどやった張本人はイギリスではないか。

日本人がスープを飲むのに音をたてるといってとがめるけれど、同様に、もし日本人だけがトイレと浴室が同じであったり、公園で三時間も接吻のしつづけであったり、チューインガムをかみかみ歩くなどという習慣を持っているとしたら、彼らは大ゲサに肩をすくめて見せるだろう。

エリザベス女王は伊勢神宮を訪れたが、むろん礼拝などしなかった。しかし日本の天皇が、たとえばウエストミンスター寺院にいって、帽子もとらずツクネンとつっ立ったきりであったら、彼らは何というだろう。それどころか、御訪英のとき、たしか植樹をやられたが、その木は一夜のうちに切り倒されてしまった。エリザベス女王お手植えの松なんてものがあったとして、もしそれが同様の目にあったら、彼らは何というだろう。

実力もわきまえないで、むやみに威張りたがる国も困りものだが、日本の場合、恐縮ぶりが少々度が過ぎているような気がする。「どうせ私が悪いんです。どうせ私はメカケの子です。……」

八百長

私の友人に大変な相撲ファンがいて、この人に煽(あお)られて、場所中私もわりに熱心にテレビを観ている。ところが、この人はふしぎな人で、そんなに私をケシかけておいて、うしろから「これも八百長」「あれも八百長」とつぶやいて、こちらの熱度に水をかける。まるでマッチとポンプである。

取組の前に、こんどはこっちの勝ち、こんどはあっちの勝ちと予告するのだが、それが、予想される勝敗とは反対の場合でも、ほとんど的中するから奇怪千万である。なぜわかるんだ、ときくと、星の貸し借りの関係でわかると笑っていう。

その人にいわせると、金で白星を買う場合もあるという。とにかく何百万人かのファンが眼をこらして見ている取組で、まさかそんなことがあろうとは思われないが、そこは玄人(くろうと)だもの、と笑っていう。とにかく、事実たいていその人の予言する通りの勝敗になるのだから、憮然(ぶぜん)とせざるを得ない。

そういわれれば、私などにもふしぎに思われることがある。千秋楽の日、七勝七敗の力士があると、相手の勝ち越し、負け越しがきまっている場合、たいてい七勝七敗のほうが勝ってしまうことだ。

瀬戸際の気力、ということもあろうが、瀬戸際で硬くなる、ということもあるのだから、これがたいてい勝つのがふしぎ千万だ。

私もだんだん、相撲に八百長はある程度存在するのではないか、と認めざるを得なくなった。金で星を買うのは論外としても、暗黙の約束で星を借り、貸すことがあるのではないか。しかも負けるほうが勝手に負けてやって事実上星を貸してやることも――いつか同様の場合、返してもらうために――あるのではないか。こうなると、とうてい八百長であることは看破出来ず、看破出来ても指摘することは出来ない。いいのがれは何とでもつくからである。

これが事実だとすると、大まじめに相撲を見ているほうはいい面の皮で、まことにガイタンにたえない。

しかし、である。

事実であっても、相撲取りばかりは責められない。よく考えると、八百長はどこの世界にも存在するのではないか。上は政治の世界から、下はわれわれのつき合いの世界でも、半分以上は八百長ではないのか。いやいや、日本の歴史にも八百長的な起承転結の例は無数にある。ひょっとしたら日本は、世界屈指の八百長国ではあるまいか。

そう考えたら、憮然とするより私は笑い出した。

またいいことがあるよ

昭和二十年三月十日の午後であった。当時、学生だった私は、友人とともに、牛込、飯田橋から神保町、水道橋あたりを歩きまわっていた。

まわりは地平線の果てまで一望の灰じんで、至るところまだ火がチロチロと燃え、吹く風は灰をまじえて眼に痛かった。のちに「三月十日の大空襲」として知られたその日の午後の光景だ。

するというと、ふと、

「ねえ……また、きっといいこともあるよ。……」

という声が聞こえた。

焦げた手ぬぐいで頰かむりして、路傍に座っていた中年の女二人のうち、一人が蒼空を仰いでそう話しかけたのだ。

年齢からして、ほかに家族がいないはずはない。――おそらく、それはみんな死んだのだ。生き残った人間にも、それは地獄の地上であった。

それでも彼女たちは、またきっといいことがある、と、もう信じようとしている。人間は、命の絶える日まで、望みの灯を見つけようとする。

私は、漱石の「道草」の主人公のように、「もうすぐまた冬がくるよ」と、つぶやきたいたちの人間だが、おそらく大部分の人は、どんな不幸のどん底にあっても、「またきっといいことがある」と信じて生きているのだろう。その声は、厭世家？の私の耳に、いまでも残っている。

吉凶ナワのごとし

わが吉凶論。凶が吉を呼ぶ話。

禍福はあざなえるナワのごとし、とはピンチの次にチャンスあり、という時間的な変転の意味も含んでいるだろうが、それより禍そのものの中に福の要素が、福そのものの中に禍の要素がある、という盾の両面の意味を含んだ言葉だろう。

日本の歴史で最大の凶事は、いうまでもなく大敗戦であった。その後に現在の大繁栄を迎えたのには、いろいろ理由があるが、その萌芽はすでに敗戦直後の国民的な安堵（あんど）という形に見られた。

ただ生きのびたというヨロコビばかりではない。「もし勝ってたら大変だった」というのが、国民の大半が抱いた実感であった。歴史的事実の評価は時代によって変わるものだが、敗北して泣きながら、一方ではこんなヨロコビを国民の大半が抱いたということ自体が、あの戦争が悪戦であった何よりの証拠であり、その評価は恐らく、これから先も逆転することはあるまい。

具体的に軍部の凶暴、軍備の重圧がなくなったという以上に、このヨロコビの心そのものが、その後の復興の原動力になったのだ。大凶は、まさしく大吉を呼んだのである。

また、日本を再浮上させたものに、大戦後のアメリカとソ連の反目という事態もある。本当に米ソが戦争を始めたら、その真ん中の日本など、砂の城同様に飛散してしまうことは必定だが、しかし一方で、現在すばらしい砂の城でカラオケたたいて歌っていられるのは、実は凶事であるべき両隣の争いが、日本にとって当面の吉事となっているからだ。

また、いま日本も軍縮を叫んではいるけれど、もし米ソをはじめ全世界が本当に軍備を縮小して、その金と人材を兵器以外の生産に投入したら、日本は左ウチワではいられなくなる。他国の軍備は凶事のはずだが、しかし、それはまさしく日本の吉事となっているのだ。

——少なくとも、いままでのところはね。

お節介

血液型によって性格がきまる、という論は、私の中学時代、すなわち戦前からあった。そのころ、これを読んで、私も一応面白いと思ったが、やはり、これは少々コジツケだ、という感じを持った。

人間の性格は、同じ人間でもさまざまの型を包んでいる。あの人は気が強い、O型だろう、といってA型だとわかると、なるほどそういえば涙もろいところもある、といい、逆に、あの人は内気だ、A型だろう、といって、O型だとわかると、なるほどそういえば強情なところもある、といった具合に、そういえばそう見えるたぐいのものだと考えたのである。

で、血液型性格決定論は、そのころの知識だけで、いま世間でいわれているのはどういう内容か知らないが――血液型と関係あるかないかは別として、やっぱり人間に性格というものはある。少なくとも積極型と消極型はある。

積極型は、活気にみち、この世に肯定的で、世話好きで——そしてカラオケの大好きなタイプだろう。ところが、これが消極型を苦しめる。自分が大いに歌うのみならず、ひとにも歌えと強制してやまない。そのため会社の宴会や町内旅行に加わるのを死ぬほど苦のたねにする人が意外に多い。

安楽死の問題も、これに似たところがありはしないか。安楽死希望者本人は、ただ自分の寂滅を為楽とするので、他人にそれを強制する意志は毛頭ないのに、この積極的人生型の人は、いや人間はあくまで生きようとするのが義務だ、いま苦しんでも、あとになれば、また生きたくなるものだと勝手にきめこんで、絶望的な苦しみを長びかせるのである。ありがた迷惑とは、このことだろう。

ついでにいうと、積極型人間は有益だが有害な人が多く、消極的人間は無益だが無害な人が多い。無益で有害な人間は先天的犯罪人で、有益で無害な人間はほとんど存在しない。

いいかげん

「広辞苑」は二七七二ページあって、収載項目は二十二万語あるそうだ。一ページあたり七、八十項目入っていることになるか。

ちかごろ、ふと、ところどころのページをひらいてみて、五十パーセントはあいまいな知識しかないことを知った。四十パーセントははじめて見る事項であり、用語だ。知っているのは一ページに十ばかりで、それも中学生小学生でも知っている言葉も収録されているからにすぎない。つまり私の知識は「広辞苑」の十パーセントくらいしかないのである。

実はこれは、数ページちらちら見た感触で、ほんとうはもっと怪しいかも知れない。よくまあこれで、曲りなりにも作家づらをして小説を書いてきたものだと憮然(ぶぜん)とした。

近松門左衛門最後の言葉を思い出さないわけにはゆかない。

「……市井に漂いて商売知らず、隠に似て隠にあらず、賢に似て賢ならず、物知りに似て何も知らず、世のまがいもの、唐の大和の数ある道々、技能、雑芸、滑稽の類まで知らぬ事なげに、口にまかせ筆に走らせ一生を囀り散らし、今わの際に言うべく思うべき真の一大事は一字半言もなき倒惑」

これは一見物知りらしく見える自分に対しての痛切な自嘲の言葉だが、こちらも口にまかせ筆に走らせ一生囀り散らしてきたくせに、その知識たるや門左衛門以上にいいかげんなのである。

日常生活の知識となるともっとひどい。

先日気がついたことだが、私はいまの銀行を知らない。

昭和二十年代の終りごろ結婚して以来、お金の出し入れは一切家内にまかせてあるので、それ以来四十年、私はいちども銀行をのぞいたこともないのである。

その前の、窓口へいって通帳を出してお金をもらった記憶があるだけで――そうそう、そのころお金が入るとたちどころに引き下ろして飲んでしまうので、銀行の人から「山田さん、ときには二、三日でも置いておかれるようにしたらどうですか」と笑いながらいわれたのを思い出すけれど――いまはそんな親切な忠告をしてくれるよすがもない自動支払い機？　だけがならんでいるそうだが、とにかくその光景をいっぺんも見たことはないのである。

　銀行どころか、いまは日常生活に欠くことのできない電気器具の使い方もまず知らない。ご多分にもれず、家庭の電気器具はわが家でも十数種はあるだろうが、私の知っているのは電燈とテレビのスイッチをひねることくらいだ。そのテレビもビデオとなると、もうひとまかせである。

　外出するときも、家内同伴だと私は財布を持っていない。これはいつか困ったことになる心配があるぞ――とは予感していたが、先日とうとうその予感が当った。

　私は京王線沿線に住んでいるのだが、一日歌舞伎見物に出かけて、電車が新宿に着いてプラットフォームに下りてみると、同伴していた家内がいない。電車がわりに混んでいて少し離れた座席に座っていたのだが、新宿駅は終点なのでドアは両側ひらく。どうやら私は家内とは反対の方角へ出たらしい。

　私は一文無しである。

　雑踏のなかを狂気のごとく探し歩いて、やっとめぐり逢ったのは二十分ほどものちのことであった。とんだ「哀銭かつら」だ。

　そのとき私は、どうしても見つからなければ、このまま自分はまた電車に乗って帰るしかないと決心したのだが、考えてみると家に入る鍵もまた女房が持っているのだ。

そのときは棒でも探してドアを打ち破って——と、たいへんなことになったが、その前に、ゆきの切符だけで、帰った駅が改札口を出してくれるもんですかね。精算すべき百円か二百円の金も私は持っていないのだが、それを説明して向うは納得してくれるかしら？

うっかり話のついでに、このときではないが、やはり歌舞伎を見にいったとき、滑稽なうっかりをやったことを思い出した。

冬のことでオーバーを着て出かけたのだが、暖房のきいた歌舞伎座に入ってオーバーをぬいでみると、その下はワイシャツだけであったのだ。どうやら家でやはり暖房をつけた部屋で、上衣を着るのを忘れたらしい。そのままオーバーを着てしまったので、家内も気がつかなかったのだ。

たとえ上衣をつけていなくても、暖房のきいた歌舞伎座で、オーバーを着ているのは暑いし、さればとてオーバーをぬいで真冬にひとりワイシャツ姿で坐っているのも奇怪である。実に困惑しました。

ああ、私のいいかげんさからきたもう一つの大失敗話を思い出した。

一般人の外国旅行が許されるようになったばかりのころ、ヨーロッパ旅行をしたことがある。音楽ファンたちばかりの団体旅行で、私は友人の高木彬光氏に誘われて参加したのである。

で、はじめは高木氏と同室だったのだが、彼の人類滅亡的いびきに閉口して、終りに近いギリシャに到達したときは別室をとっていた。

さて翌朝アテネのホテルを出ようとして、トランクをドアの外に出し、忘れ物はないかと点検したとき、私はパスポートが身辺にないことに気がついた。

あらゆるポケットを探る。ベッドの夜具をかきのける。ベッドの下や棚、トイレ、洗面所までのぞく。どこにも無い！

外国旅行で、金より重大なのはパスポートである。それがなければ飛行機にも乗れずホテルにも泊れない。

そのうちドアの外にはボーイが現われて、トランクをもう空港に運んでいいかときく。

トランクにパスポートなど入れたおぼえはないが、万一入っていたら、そのトランクを持ってゆかれては万事休す。「待ってくれ！」と叫んで、もういちどトランクをひっくりかえしてみたが、無い！

私は隣室にかけこんだ。高木氏はちょうどトイレに入っていたが、遠慮会釈もなくひきあけて、「高木さん、パスポートを紛失してしまった！」と私は叫んだ。

高木氏は便座に鎮座していたが、その姿勢のまま空中に三十センチくらい飛びあがった。

そして、あわてて私の部屋にきて、一応私の身辺を調べたあと、突如「気ヲツケ!」と号令して、改めて身体をまさぐって、

「あった!」

と、絶叫した。

私のパスポートはお尻の上にあったのである。

実は私は、外出や旅行などすると、ポケットにあるタバコ、ライター、メモ帖、切符、ハンケチ、ペーパーなど、何か一つ必要になると全ポケットをさぐる騒ぎになり、そのくせ何かきっと紛失して帰ってくるのを常とするので、家内が、はじめての外国旅行にどうなることやらと案じて、権べエさんよろしくドーマキなるものを作ってくれ、それにドル紙幣など入れてくれたのだが、パスポートがそれだけ背中のほうへまわっていってお尻の上にとまっていたのである。

この旅行ではそのあとアンカレッジの空港に着いたとき、性懲り(しょうこ)もなくこんどは予防注射の証明書を紛失していることが判明して、空港の医務室につれてゆかれて、もういちど注射を受ける羽目になりました。

どうも、一人で外国旅行に出かけると、永遠にどこかへ消滅しそうな気がする。

そうだ、さっき新宿駅の話が出たが、私の町から急行電車で三十分ばかりだが、いま気がつくと、その駅のすぐそばにある音に名高いタックス・タワー東京都庁舎、できてからもう何年かになるが、その威容を私はまだいちども見たことがない。——死ぬまでに何とかいちど拝観したいものである。

うっかりのほうはともかく、物知らずのほうは、しかし私はあんまり恥じてはいない。


世の中に森羅万象にわたって、どんなことでも知っているという人はいないにきまっている。どんな大音楽評論家でも、クラシックから謡曲、新内まで通じているはずはない。いつであったか声楽家の岡村喬生さんが、日本の自動車会社から売り出されている十数種のカーの名をあげて、その意味を知っているかと仲間の音楽家にたずねたら、一応外国語に堪能(たんのう)なはずのその人々が、十に七つは知らないと首をふったという意味のエッセイを書かれていたが、その通りだろう。

もっとも、そんな原語も不明な外来語を商品名にする自動車会社のほうがおかしいのだが、とにかくカタカナ語でないと日本語じゃないといったいまの風潮ではいたしかたないか。

それどころか、漱石は稲を知らなかった。三島由紀夫は松を知らなかった、という伝説もある。

ともあれ私のようないいかげんな男でも、何とか無事に暮してこられるらしいから、世の中はいいかげんなものらしい。

私は生来あまり丈夫な体質ではなく、かつ大酒はのむ、酸素吸入器みたいにタバコはのむ、スポーツはしないし食物に好ききらいはあるし、不規則きわまる日常をすごしているのに、いままでのところ病気らしい病気もしないのは、ただ一つストレスと縁のうすい生活をしているせいじゃなかろうか、と考えている。

が、本来は常人以上にストレスを感ずるはずの性格なのである。それをあやうく救っているのが、一方で具わっているこのいいかげんさかも知れない、と考えることがある。

ところで、私などのいいかげんさはごらんのごとくお笑いぐさだが——そういういいかげんの男が、それでも戦中派のゆえか、「国家」というと高木さんじゃないけれど「気ヲツケ！」と遠い声がきこえてくるような気がするのが奇怪である。

国家の厳粛性など妄想だと、ときどき首を横にふりながら、それでもふり払えない一点の妄想であったが、このごろの例の「佐川事件」なるものに対して、権力者たちの応対を見ると、ワイロのもらい方とか、検察庁のつかまえ方などの当否はともかく、そのあと始末のぶざまさに愛想がつきる。

実質上の最高権力者といわれた人物などまるで炭小屋に逃げこんだ吉良上野介だ。ときどき、徳川時代のほうがいまよりマシだったと感ずることがあるが、その一つに、権力の座（幕府中枢）にある者には金力（大禄）を与えない、金力ある者には権力を与えない、ということがあった。おそらく家康の意図した不文律だろう。

真山青果の「元禄忠臣蔵」にも、青果のことだからでたらめを書くはずはないと思われるが、刃傷直後、五万石の大名浅野内匠頭をとり調べるお目付（めつけ）当番の多門（おかど）伝八郎は七百石の旗本なのに、

「ご定法（じょうほう）によって言葉を改める」

と、きっとして言葉を変える場面がある。

こんどの事件でその威光ぶりに国民の心胆を寒からしめたのは右翼と暴力団で、いちばん男を下げたのは検察庁だろう。どうかこれから多門伝八郎にならってもらいたい。

政治家というものが見下げはてられたことはいうまでもないが、そのなかで私が痛感したのは、ワイロやソラトボケとかより、彼らのいいかげんさである。

こういう連中が税金がどうの、北朝鮮がどうのと厚顔にさしずする。――いいかげんな私も、これからは国家の厳粛性などいう妄想からふっつり脱却することにしようと思う。

予測

——いま、七月の末、雨の庭で蛙(かえる)が鳴いている。網戸にしておくと、テレビの音が聞こえなくなるほどやかましい。もっとも、うるさいとは思わない。いまの東京で、蛙の声が聞けるとはとうれしがっている。蛙の声というやつは、のんきで、馬鹿げていて、騒々しいわりに人の心を和(なご)ませる。

さて、ことしの梅雨(つゆ)はいつ明けるのかと不安になるほど長かった。日記をみると、六月下旬からいままで、晴の日は、四、五日にすぎない。しかも、寒い、たとえ八月に照ったとしても、これはあきらかに冷夏といっていい。

ところで、気象庁はこういうお天気を予測していたか。

気象庁が三月に発表した、四月から九月にわたる長期予報によると、「今年の夏は平年より暑く、雨は平年並みかやや少ない見込み。太平洋高気圧が張り出す夏型の期間が長つづきしそうで、梅雨の前半は雨が少なく、後半は集中豪雨はあっても、夏としては雨は少ない」ということであった。何をかいわんやだ。

以前から私は、この世の三大気楽稼業は、気象庁と植木屋と宿屋の亭主だ、と考えていた。――

実はこの文章は、「予測」について書くつもりで、植木屋と宿屋は関係ないが、ついでだから説明しておこう。

宿屋の亭主というのは、旅館などというものは、日常の客のあしらいや板前、女中の指揮はたいていおかみの役で、あるじのほうはときどき同業組合の会合などに出るくらいだろう、と見ていたからである。が、その後、宿屋も火事など起して客に被害者が出たりすると目もあてられないことになる、と思いなおした。

植木屋のほうは、高い木の上でひとりパチリパチリやって、対人的ストレスなんか縁がなさそうだし、特別の場合を除きそれほどの修業も要らない作業に見えるし、植木の手入れをさせるなんてまあ余裕のある家庭だろうから金のとりっぱぐれはないだろうし、だいいち出先きの仕事だから、どれだけ手間賃をかせいだか、税務署にぜったいわかりそうにない、など考えたからだが、これだって植木屋にいわせるとなにか異論があるかも知れない。

さて、気楽な稼業ときたもんだ、と見える筆頭は気象庁の予報官である。気象庁

〱〱と三度唱えれば何を食ってもアタラない、といわれて久しいが、いくらアタラなくっても、その責任をとったなんて聞いたことがない。

私なども台風の際、その風音がやんで青空がひろがりかけているのに、「これからますます風雨が強まりますので、厳重警戒が必要です」など、臆面(おくめん)もなくやっている顔を見て、「アメダスの天気図なんか見てないで、いま、そこの窓をあけて空を見ろッてんだ！」と、テレビにどなりつけたことが何度かある。

しかし、胸をさすって考えれば、これだって、現在可能なかぎりの観測をやった結果だろう、とは思う。なにしろ、七つの海が蒸気をあげて回転しているデコボコの地球の、それぞれほんの猫のひたいほどの個所の、風や雲や雨を予測しようというんだから。

いわんや、人間の運命をや、だ。明日のいのち知られず、とは古来無数の人々の嘆息である。

しかし私は、運命は別として、何か芸とか術とかにたずさわる人が、あとに残るか残らないか、くらいの判定は、その道の達人から見ればある程度の見きわめがつくのじゃなかろうか、と思っていた。

ところが、である。近ごろ私は偶然二つの文章を読んだ。

一つは菊池寛の言葉で、「紅葉は残るが、鏡花は残らない」というのである。もう一つは、岡本綺堂の言葉で、「黙阿弥は残らない」というのである。

それが何というタイトルの本であったか文章であったか、右の言葉の根拠も書いてあったはずだが、近ごろのことなのにもう忘れていて、いま探して見たのだが、どうしても見当らない。ひどい物忘れだが、右の趣旨の言葉があったのにまちがいはない。

どちらもただの小説家や劇作家ではない、人並みすぐれた洞察力や鑑定力を持つ、それぞれの世界の「達人」だと思われるのだが、大御所も半七親分も、このおめがねは完全にはずれた、と考えざるを得ない。

他人の予測でも、かくのごとくはずれる。ましてや自分自身のことだと見当ちがいの度はますます甚だしくなるのは当然で、たとえばいま一世に鳴りひびく雷名の持主でも、かりに死んで三年たって世の中に這い出してみると、その名のひとかけらも残っていないのに愕然とするだろう。

怪僧安国寺恵瓊も、信長の未来はいいあてたが、自分の最期は予測のほかであったにちがいない。

II

コーチよろしきを得て

いっぷう変わった特別料理がわが家にあるといいのだが、首をひねって考えてみたが、それがない。どこにでもある、だれでもうまがるものが、わが家でもはばをきかせている。

理由は二つある。一つは、だれでもうまがるものが、やはりだれにもうまいからである。味覚とか性感とかいうものは、その構造上、最大公約数が一定しているのではあるまいか。スタミナ食として、牛乳と生卵と生イワシとトマトとニンニクをミキサーにかけて毎朝飲む、なんてたぐいの人があるが、これは人間かと思う。

もう一つは、ぼくも女房も、事情あって早くから母と別れたために、先祖伝来とか地方色ゆたかといったような料理を知らないことである。つまりわが家には、まあ「母の味」というものが伝わっていないのだ。

わが家の味は、だから全部妻の味である。最大公約数的な、オーソドックスな味だが、しかしウチで飯を食う客はみんなうまいという。ここがはなはだいいにくいのだが、それが決しておあいそとは思えない根拠がある。

このソートーな自信をもとにして話を進めるとすれば、これほどの味を開発した功労者は亭主である。つまり、このぼくである。

ぼくは、原則として、加工品は好まない。店ですでに味のつけられた食物はしりぞける。つけ物類も、できるだけ女房の手をヌカミソに入れさせる。モチもわが家にウスとキネを買ってつくし、ウドンは製めん機を入手して心ゆくまで打つといったあんばいである。

こういう原始的な食べ物ばかりでなく、機会のゆるすかぎり、いわゆるうまい店につれていって食べさせる。感心なことに、その結果、だいたい似たような味のものを、ときによってはそれよりもっとぼくの口に合うものを作り出すようだ。

この料理教育上の二大方針は、テレビ料理の先生方もおそらく妥当なものと首肯（しゅこう）されるだろう。

かくて、わが家の味は「妻の味」であり、そしてとりもなおさず「亭主の味」である。

と、いばって、さてひそかにわが味覚をかえりみると——いま味覚なんてものはだれだって大差がないようなことをいったけれど、実は特級酒も一級酒もよくわからん。要するに酔っぱらえればよろしいという男のようだ。

その指導によるわが家の料理をみなほめるとは——わけがわからなくなってしまった。それでもぼくはそれがおせじだとは断じて思わない。ゴルフはヘタでもコーチはうまいというような例はうんとあるではないか。

酒との出逢い

戦争中、まだ学生であったころ、新宿の中華料理店で、十人ばかりで会食したことがある。そのとき果して中華料理なんてものが出たかどうか忘れたが、ビールがジョッキ二杯出たことはおぼえている。一人当り、ではない。十人分としてである。

ところが、隣室で、やはりどこかの学生たちがパーティをひらいていたが、これが全員ふんどし一つになっての放歌乱舞であった。人数はこちらとほぼ同じくらい。つまり、十人でジョッキ二杯分のあてがいぶちのはずで、それであの騒ぎとは、まるで精神病だと呆(あき)れたことをおぼえている。しかし、彼らは懸命にカンジを出していたのである。

そのうち空襲がはじまって、ビールのビの字も縁がなくなってしまった。

そして、戦争が終っても数年は、まだ酒どころではない世の中であった。

従って、いまの若い人々とちがって、すべて私たちの哀れな青春は酒の香にも乏しい。

もっとも、それだけにまれにめぐり逢った酒の記憶はいくつかある。

料理店の営業が許可されたのはたしか昭和二十四、五年ごろで、私が「宝石」の懸賞小説に当選した昭和二十二年、宝石社が、江戸川乱歩先生らとともに、当選者七人を料亭?に招待してくれたときもないしょの宴会で、万一の臨検にそなえて、酒は土瓶と茶碗で、お茶のような顔をして飲まなければならないという情けないトリックを必要とした。

しかし、それより忘れられないのは、医大を卒業した夜の祝宴である。

世の中、ハヤリスタリとはヘンなものです。

このごろは医大を卒業したりすると、一家親族で祝宴をあげかねまじき雲ゆきだが、私たちのときは——医者の学校はいまよりうんと少なくて、もっと希少価値があったはずなのだが、だれもウンともスンともいわない。

その祝宴というのも、ある友人の下宿の二階で、たった二人の酒盛りで、その酒も、なんとか探して来たドブロク二升とビール一ダースだけで、もっともこんなに大量の酒との出逢いも、そのときがはじめてであった。

これを二人で飲んだ。二人、同じくらいの酒量であったから、一人ずつドブロク一升とビール六本飲んだことになる。

さすがに途中で天地晦冥の状態になった。気がついたのは真夜中である。いつのまにか二人は同じフトンの中に寝ていたのだが——気がついた、というのは、相手が異様な気配を発したからだ。

その友人は、突如としてウンコしはじめたのであった！　あやういところで、私はフトンをころがり出した。そして、あわててフトンをひっぺがしたが、テキは雷のごとき鼾声をあげながら、依然盛大にオヤリになっている。もうこうなったら死んだも同様で、コーモンがひらいたままになっちまったらしい。

私はそばに座って、朝まで悄然と腕を組んで——いや、鼻をつまんでいた。

この豪傑は、健在で、いまも産婦人科医としておごそかに産婦を診察している。

ちょっと一杯

いったい僕は酒の肴(さかな)にうるさい方なのか、うるさくない方なのか、じぶんでもわからない。で、女房にきいてみると、ちょっと思案して、

「そうねえ、あまりうるさくない方じゃないかしら」

と、言った。公平なところ、まあ、そんなところだろう。

こないだ、ふと指折り数え、結婚してから十五年ちかくになると知り、

「おまえ、ずいぶん、ウチに長くいるなあ」

と、感嘆して言った。——で、十五年ばかり前、お嫁にもらうと同時に何をやったかというと、ただちにクッキングスクールに放りこんだ。十五年前だから、クッキングスクールなどいうものが、まだいまほど流行していないころのことだ。ともかくも、それくらいコトの重大性を承知しているのだから、腹に入るものなら何でもいい、というような男では僕は決してない。

それから、町にいっしょに出るとき、機会があれば、なるべくうまいもの屋につれて入る。女房の舌を馴らすにはそれにかぎるという通説に従ってである。

最近、その説はあやしい。女というものは、じぶんが料理せず、あとかたづけしなくてもいいものなら、何でもウマがるのではないか、という異説を読んで、なるほどそうかも知れん、と思いあたるふしがないでもないが、しかし何か食わせると、それに似た味のものは大体じぶんで作るようだ。

十五年前のクッキングスクールは、何か役に立ったかときくと、当人は首をかしげる。とにかくあなたの好みは、そんなところで教えてくれるものとはちがうから、という。こちらは苦笑しないわけにはゆかないが、しかしそれはそれでむだとはいえなかったのじゃないかと思う。若いころ、ともかくそういうところにいったということは、料理に無形の自信を持たせるだろうからで、そのころから僕はその程度の期待しか持っていなかった。

さて、料理屋につれてゆくと、あとで似たようなものを作るから、これもやはりむだではない。料理屋といっても飲むものがたいてい日本酒だから、肴の関係上、どうしても日本料理屋となる。それも僕は、何が出てくるか、出されてくるものにお目にかかるまではわからない、いわゆる高級割烹店のたぐいは御免を蒙（こうむ）りたい。その日によって、こっちの食べたいものがちがうからだ。で、メニューによって選択できる腰かけ式の店の方がいい。例えば銀座ならはち巻岡田とか浜作とか、新宿なら大黒屋とか。——そういうところで、じぶんの食いたいもの四、五種類をえらんで、それで酒を飲み、飯を食う。

その酒の肴が、いわゆる酒のみのすきそうな、例えばシオカラとかカラスミとかのたぐいではない。肉類、魚類、蟹、うなぎなど、酒のみでない人もウマがるあたりまえのもので、女房が、僕の酒の肴はうるさい方ではないといったのは、このあたりのことをいうのだろうと思う。シオカラのたぐいは、あれは酒の肴よりも飯をくうときのおかずにした方がいい。

で、腰かけ式の店だから、傍で酌をしてくれるのも女房ということになる。——そんなことを十五年もくり返しているうちに、だんだん異変が生じて来た。どうやら、あちらの方が酒が好きに、かつ強くなって来たあんばいなのである。

女のひとに、酒を飲む男はきらいか、ときくと十人のうち十人まで、或る程度なら飲む男の方がいいという。女のひとは、酒乱は論外として、全然飲めない男は、気疲れがするようで敬遠するらしい。

同様に女のひとも、或る程度飲めた方がよろしい。そして女のひとは、十人のうち十人まで、調教によっては或る程度飲めるようになるのではないか。男の中には、いかにシゴいてやっても、どうしても受けつけない素質の悪いのが案外たくさんいるものだけれど。

——で、うちのかみさんも、飲めるようになった。こういう店にいったときなど、その方がこっちにも好都合である。パクパク食べて、あと手持無沙汰にしていられたのではこっちがおちつけない。が、亭主よりも強くなられては——。

「そんなことはない」と、当人はいう。

が、家で亭主が黙々と手酌でやっているときに、料理をもってくるついでに、

「ちょっと一杯だけ」

といって、ビールを一杯キューッと飲む。酒を盃に二、三杯。サッサッと飲む。そして忙しそうに立ってゆく。

そんな飲み方は、なんのために飲むのか、こっちには見当もつかん。が、飲むときはほんとうにウマそうである。

「ウマいか」ときくと、

「ほんとにおいしい」という。

こっちは何十年も、ときには医者から禁酒を命じられても、一夜もかかさず飲んで

いる。そのくせ、正直なところ、それほどウマいと思って飲んでいるわけではないのだから、シャクにさわるではないか。

目下のところ、その程度である。

しかし、いまは亭主に少々遠慮もしているのだろうし、子供の世話もあるのでその程度にとどまっているけれど、あの「ちょっと一杯」といって飲む手つきを見ていると、亭主が死んだあと、さらに何十年かのちのことが思いやられる。

「酒のみ婆(ばあ)さんになって、毎晩チビリチビリとやりながら、嫁イビリするのだけがタノシミな婆さんになるのじゃないか」といったら、「まさか」と笑ったけれど、僕の見込みでは、充分その可能性がありそうだ。

酒のある話

戦後三十年あまり、ほとんど一日としてやめたことのない酒だが、四、五年ばかり前から、日本酒をウイスキーに変えた。

実に呪われた星の下に生まれた男で、それほど酒を飲みながら、正直なところをいうと、私はいちどもしんから「ウマイ！」と思ったことはないのである。要するに、酩酊すればいいのである。——だから、日本酒をウイスキーに変えても、別にどうということもなかった。理由は、醒めたあと、ウイスキーのほうがサッパリしてあとに残らないからだ。

御多分にもれず、年とともにすべてにガンコになって来て、その飲み方、そのサカナも一種固着症の趣をおびて来た。

飲み方は、必ずオンザロックだ。シングルもダブルもない。自分に適当な濃度があって、ウイスキーは、氷が溶けると適時新しくそそいでその濃度を保ちつつ飲む。水ワリよりだいぶ濃い。全体としての量も一定していて、まずダルマ瓶にして三分の一が私の適量だろう。

ダルマ瓶といえばわかるように、ウイスキーは国産で結構で、気がついてみると、実質上たいていの商品が国産品でいい、それどころかそのほうがいい、という状態になっている。上等舶来という言葉がいつのまにか無意味になったのだ。これは明治以来、いや神武以来最大の革命的社会現象ではないか、と思っていたら、このごろムヤミヤタラに外国品を密輸入してつかまった半役人一族が出現して、まだこういうのもいたのか、と、めんくらった。

さてサカナは、わが家でチーズの肉トロと称するもので、とろけるチーズを牛肉でつつんで焼いたものに（だから正確には肉のチーズトロとでもいうべきだろうが）、ピーマン、トマト、キャベツなどを添えて、生ニンニクを磨すってちょっぴり醤油をつけて食う。

これも、ここ四、五年二日に一度は食べてまだ飽きない。料理法も簡単だし、この配合は栄養的に非常に良質の食物だと思う。もっとも、別にそんなことを考えて食っているわけではなく、ただうまいから食べている。

外で飲むときも、よほどのことがないかぎり、私流のオンザロックにしてもらう。

氷をいれたコップとダルマ瓶をもらい、飲んだ分量だけ適当に金をとってもらう。感心なことにどんなホテルでも店でも、変な顔をしないでこの通りにしてくれるのはありがたい。

ただチーズの肉トロだけは家じゃないと間に合わない。それはまあ通常のビフテキでもかまわないが、いわゆる高級料亭の日本料理はふつう牛肉を出さないので、招かれても私はあまりうれしがらず、何となく手持無沙汰な感じがする。

自分の食う分

外国旅行をして、バイキング料理などを食べるとき気がついたことだが、日本人は十人のうち、五人までが、欲ばってサラにとりすぎて残しているようだ。それもちょっぴりの程度ではない。もう一食分くらい食い残す。

それで北条氏康の故事を思い出した。

氏康が、子の氏政が飯に二度汁をかけて食うのを見て、毎日食う飯と汁さえ、このように計算ができないなら、この戦国の世に生きてゆくことはむずかしい。北条家はおれ一代で終わるだろう、といって泣いたという話である。果たせるかな、北条家は氏政で滅んだ。

バイキングの場合でも、自分の食べられる量がわからないのか、この馬鹿といいたくなる。

まさか、そんな習性で国が滅びることはないだろう——ともいえない。この愚かしい無計算で自分が困っている例がげんに日本にある。

例のズワイガニだが、私の故郷の山陰では松葉ガニといい、少年時代、文字通り飽食した。それが今では、山陰どころか日本の味覚の王者として、フォアグラ、キャビアにまさるとも劣らぬ高価なものになった。

ただ、うまいからではない。採れなくなってしまったからである。

不漁の原因は、あきらかに積年の採りすぎである。根こそぎ採ってしまっては、あと採れなくなるにきまっている。

それくらいの計算が、事前になぜつかないのか、と思う。

カニに限らない。一般に日本人は魚を採りすぎるのではないか。そして、採った量の三割くらいは、市場や魚屋や料理店や自宅で、腐らせたり食い残したりして捨てているのじゃないか知らん。

外国水域での漁業に、いろいろ難題をおしつけられて、一応はシャクにさわるけれど、よく考えると、外国が文句をつけるのにも、それなりの理があるようにも思う。

帝国陸軍の残党ここにあり

十年ほど前、フト発作的に車を習う気になった。まだ現在のようなカーブーム時代じゃないころの話だ。

威風堂々教習所に乗りこむや、まっさきに免許証用の写真をとって、やりはじめた。一日目、アクセル踏んでハンドルをまわせば、トニカク車は動く。大いに意を強くして祝杯をあげて、タクシーで帰還した。

二日目「足ッ」「手ッ」とやられて、いささかヤケになり、ヤケ酒にウサをはらして、タクシーで帰還した。

三日目。……ヒフンコーガイ、もう浴びるほど酒をのんでタクシーで……ふっと見れば、なんとまあタクシーの運ちゃんの天才的なことよ。「もう、やめたあッと」ということになり、まさに文字通り、三日坊主で、この難行は一巻の終り。

その上、その昔中学四年から一高に入ったほどの大秀才高木彬光クンが、学科の免許試験に五回スベッタという風評も、絶望感を深くした。

それにしても、教習所の指導員諸君は、なぜまぁあれほどお客を大軽蔑大嘲弄の顔であしらうのだろう。……これはタクシーの運転手が客にゆくさきをいわれても返事もしない横柄さから糸をひいている。そういえば、あらゆる交通機関の職員の横柄さも奇現象である。僕は駅の改札口で、お婆さんなどにトイレをきかれて、切符切りの若僧が黙ってアゴをしゃくる風景をなんども見ている。すべては国鉄の乗せてやる式のあの笑止な官僚根性がその元凶といえる。……

……と、そのころは、こんなとばッちりを向けたくなったほどであるが。——

いまはちがう。とにかくタイヤの下に屍の山を積んでも一流国家なみに前進せよ、というのが国是となっている現代である。シゴいてシゴいて、シゴきぬくのが当然である。

そのころ指導員諸君を、日本陸軍の下士官の残党はこの自動車教習所に集結したのではないか、と思ったが、いまでもテイコク陸軍の命脈は伝えられているであろうか。こいねがわくば、その光栄ある伝統をつなぐのみか、今後ともますます発揚してもらいたい。

それにしても、女には少々甘いトコないですか。男には非情を極めても、若い女性だと見ると、急に猫ナデ声になる鬼軍曹や鬼伍長が多いように見受けたのは、ヒガメかな。

同時に、いま街頭を埋めつくして走る車のハンドルを握っている男性諸君を見ると、これ、ことごとくあの大屈辱を隠忍自重しぬいて来たんだなと思い、その車輪の下が屍山血河(しざんけつが)と変じてもいたしかたがないと思う。

以上、馬丁(ばてい)車夫のわざにはむかない男の弁。

マージャンの余徳

マージャンの面白さは、やった人の誰でも知っている通りだ。マージャンの不健康さは、これまたやった人の誰でも知っている通りである。その面白さと不健康さの計量はプラスかマイナスか。私見をもってすれば、その面白さはその不健康さを補って余りあり、その不健康さはその面白さを補って（？）余りがある。

何がなんだかわからないが、ちょっと変わったマージャンのとりえをあげてみよう。

先日、某新聞から電話があって、

「おまえは何か奇想天外な健康法を、試みているときいたが、紹介したい」

といってきた。

運動はしないし、特別の飲食物を愛用してるわけじゃなし、ほかのどなたかのまちがいじゃないか。

――「そうそう、二日間徹夜のマージャンをやることがあるが、それではなかろうか。四十八時間ぶっ通しにマージャンをやると、そのあとは死んだようになって、二十時間くらい眠りこけて、起きたときは体内の血液全部入れかわり、新しくこの世に誕生したような気がするが」とこたえたら、おどろいて、そんなのだめですよ、と電話をきられた。

もう一つ、マージャンの面白さは、碁将棋のように実力一点張りの勝負とちがって、運命とたたかう面白さだ。そこが碁将棋よりも人生的で、見方によっては人生よりも人生的である。

人生的ではあるが、人生の教訓にはならない。何しろ運命にまかせちゃうのだから。——ただ、いわゆるポーカーフェースを養う訓練にはなるだろう。どんな顔したって勝敗は盤面に歴然としている碁将棋には、碁面とか将棋顔という言葉はない。しかしマージャンの場合は、マージャンフェースが充分成り立つ。

麻雀喜遊曲

小生はホントに横着者である。きらいなことはやらない。そして、好きなことは世の中にあまりないから、ただゴロゴロ寝てばかりいるという始末になる。

その小生が、マージャンだけは相手が来ればむくむくと起きあがって来て、ニコニコして卓を囲む。つまり数少ない好きなものの一つである。このたぐいの遊びでは、碁も将棋も知らず、何とかのひとつ覚えのように、ただマージャンだけを知っている。

考えてみると子供のころから、ひとが将棋や碁をやっているのを、ふところ手をして遠くから見ているだけで、一向にそれをやってみたいとも思わなかった。べつにまじめなのではなく、その遊び方を学ぶ段取りが面倒に感じられたからだ。それほど横着な小生が、マージャンだけは覚えるのに苦痛がなかったのは、とにかく三個を以て一組を作るという一つの基本型さえ知っていれば何とかやれるという、とっかかりの極端な簡単さ以外の何物でもない。

で、マージャンを覚えてもう二十年くらいになるが、天性の横着さはどうしようもなく、まだ点の数え方を知らない。ジャン歴二十年で点の数え方を全然知らないという人間はあまりないのじゃないか知らん。

だから、打ち込んだときは高いなあと猜疑し、アガったときは安いなあと疑惑の眼をひからせつつ——実際に、これはあんまりだとおずおず抗議を申し込むと「いや御免御免」ということになる例も少なくない——それくらいなら、自分で点を数えることを覚えた方がいいのだが、そう思いつつも、どうしてもいまだにそれを覚えられない。

だからあまり勝った記憶がない。みずから誇って「百戦百敗」と称しているくらいである。まさか、みんなごまかされて負けるわけではなく、右のいい加減さが、どこかパイさばきにたたるのだろうと思う。点の数え方も知らないでやるということは——阿佐田哲也氏によると、上り役を全部知っているかどうか、それさえ怪しいということ——このように、客観的に見ると、ホントに勝つ気があるのかどうか疑わしいくらいだが、しかし当人は実に熱心に黙々とやる。

これほど面白い遊びをやりながら、その上また勝たせてもらうなんてバチがあたると思われるほどである。

だから、一チャンや二チャンでは承知しない。このごろではさすがに十二、三チャンでのびてしまうようになったけれど、古い記録を見ていたら二十七チャンというのがあった。二十七チャンというと、一チャンどうしても平均一時間以上はかかるから、三十数時間は要したろう。

右の阿佐田氏の言によると、「山田さんとやるのは、もうゴラクではない。苦行だ」ということになる。小生に言わせると、「マージャンの一チャン二チャンは、チツ外射精にひとしい」ということになり、これはあんまり知る人もない自称「風太郎名言集」の一つである。

その二十七チャン時代に、それでもおたがいにやつれ果て土左衛門みたいな惨澹たる朝の顔を見合わせて慄然とし、

「いくら何でもこりゃあんまりよろしくないことだ。もう少しケンコー的な遊びをやろうじゃないか」

と反省するところがあって、「それじゃ釣をやろう」と相談一決したことがある。

で、釣道具一式、釣のユニホームまで買って、ものものしく千葉県へ出陣した。ところが第一日目に海が雨で、やむなく釣宿でマージャンをはじめ、そのまま釣は放り出して東京に帰るとすぐにマージャン屋に駈け込み、カンバンで追い出されるとみん

なうちへつれて来て続行するというありさまになり果てた。結局釣道具一式は手もふれず、物置へ放り込んで、それっきりである。

ただし、これから始まった釣の会は小生など置いてきぼりにしてその後発展し、いまではたしか林房雄氏を中心とする釣の会になっているはずだ。

苦行の中に、恍惚さえ見出す。徹夜のあけがたになると、みな泥海の中を這いまわってるようで、おたがいのシャレのやりとりが実に鈍味なものになる。あまり下らないので、かえって可笑しいのだが、その笑いさえ力がなく、力ない笑いがまた可笑しい。ポン、という代りに、ポッキーン！　などと発声する人がある。そこで「それだ、桂ポッキン治？」などいって上るやつがある。このたぐいのシャレでも、テレビのニュースショウなどにおける司会者のシャレの下らなさより慈味掬すべきものがある。（小金治師匠のシャレが下らないといっているのではありません。あの人なんか、まだいい方です）

どうもね、小生はふとどきにも世の中を少々ナメているところがあるのですが、マージャンを思うと――こんな遊びを考案した人間が地上に存在したことを考えると――人をナメてはいかん、と粛然たる自戒をおぼえるほどである。「原爆を発明した人と、マージャンを編み出した人と、税金の計算法を考えた人とは、実に人類史上の三大頭脳だ」と思う。風太郎名言集の第二例。

そして、マージャンの中に、いろいろと人生への教訓を学ぶ。知らず知らずホンイチにこだわっているようになると、これはあまりよろしくない傾向だと気づく。ホンイチは見た目はきれいだが、苦労のわりに点はそれほどでもない。そこで「美人好みはホンイチ狙いだ」という名言集の第三例が出て来る。

しかし、さすがに年のせいか、このごろはあまりやらなくなった。――もっとも「映画とマージャンとアレとは、つづけるとキリがない。やめていりゃ、何でもない」という名言集第四例を作ったのは、まだ映画盛んなりしころで、これは自分も知らなかった予言となった。アレとは、妙なことを考えず各自適当にお好きなものをあてはめて下さい。

そして、最近は、体力的に、マージャン・カキマゼ機を欲するや切なるものがある。弱電メーカーも、電気ハブラシや電気モチツキ機なんて下らないものを売り出すくらいならマージャン・カキマゼ機でも考えなさい。考えただけでも販途ボーダイですゾ。

先日、完全な大スーシーで待っていて残念無念にも流されたことがあったが、こいねがわくばこういうヤクマンで上ったとたんに息をひきとるという至福な人生といたしたいものである。

日常不可解事

相撲のある月は、毎日、新聞の取組表を切りとって、時間がくるとテレビの前に坐りこむ。そして力士たちの壮絶な格闘を、ちょっぴり心の痛みを感じながらウイスキーをかたむけつつ観戦する。実は相撲を観るようになったのも、それが私の晩酌の時間と一致するからだ。

昭和天皇のごとく取組表に勝敗のしるしをつけながら、ウイスキーのオンザロックをボトル三分の一くらい飲む。

そして一睡して夜半起き、このごろはもっぱら本を読む。

実は雑念を頭によぎらせていることが多いのだが、これはそんな雑念の一部だ。ちかごろ、生まれてはじめて「源氏物語」を通読した。いまごろ源氏とはおはずかしいかぎりだが、未読の名著をいくつか持っている人は案外多いのではあるまいか。江戸川乱歩が「吾輩は猫である」を読んでいないことを、あることで知ったのはその没後のことであった。

そしてまた、漱石鷗外は源氏を読んだろうか、と考えた。なぜか、鷗外は読んだかも知れないが、漱石はおそらく読んでいないような気がする。紅葉こそ愛読したろうと思われるが、紅葉の蔵書のなかにはたしかに源氏はあるけれど、はじめのほうだけいろいろ書き入れがあるが、大部分は読んだ形跡はないそうだ。

たいていの人が途中で降参するのは、わからないからである。

私も岩波の「古典文学大系」と「谷崎源氏」をならべて読んだのだが、その谷崎源氏が原本よりわからない。

わからないのは故実や用語のほかに、文章に主語がないか明確でないからである。しかも谷崎さんは、これを日本古来の奥ゆかしい習いであるとし、それを踏襲するという方針で書き、それについての註も略してあるので、ならべて読んでいると、註の多い「大系」のほうがむしろ理解し易い。とにかく谷崎源氏を読んで現代文のごとくわかる人はあまりあるまい。わからない現代語訳は、これは失敗作ではあるまいか。

（後記・あとになって私は、そもそも谷崎さんは、一読してわかるような源氏を書く気はなかったのだ、と気がついた）

昔の人ならわかったかというと、源氏物語の評釈書は室町時代からあるので、そのままでは昔の人もわからなかったにちがいない。

私にとって不可解なのは、これほど難解な本を、最古にして最高の小説として、多くの人が愛読し、また愛読しようとしてきたことである。現代でも特に女性は、源氏の講義というとどよめき立ってかけ集まるらしい。

しかしこれを不可解な現象とするのは、私が至らないせいで——至らないどころか古典についてまるきり素養がないからで、責任はすべて自分にあると認めないわけにはゆかない。

さて、首をひねっているうちに朝がくる。

朝がくると、こんどはコップ酒を飲む。まるで小原庄助さんだ。

毎日の自分の所業でありながら、不可解なのはこの酒をちっともうまがって飲んでいるわけではないということだ。のどを通る味なら砂糖入りのミルクのほうがよっぽどうまい。

朝酒を飲むのは、そのあと眠るためである。

一睡してひるごろ目がさめると、新聞と郵便物を見る。

数日前きた郵便のなかに、旧制中学の同級生の手紙と納税申告書があった。

旧友は海軍兵学校を出て大尉にまでなった男だが、十年ほど前脳溢血で片足不自由になっている。その上、座骨神経痛でいま胃潰瘍で入院しているのだが、こんどは帯状疱疹という皮膚病にかかったといってきて、「山田は百六十歳まで生きるのじゃないか」と書いてある。

中学時代、彼をたてに半分に切ったら、二人の私ができるくらい彼はがんじょうで私はヒョロヒョロであった。それが五十数年後かくのごとき始末である。

ほかにも同年の友人で、中風になって半身不随になっているのが数人いる。そのなかには医者までいる。こういうことがあるから、世のなかまったく不可解だ。

いっしょにきた税金の申告書を見ても、首をかしげることがある。

サラリーマンはどうなっているのか知らないが、われわれ自由業者には予定納税というものがある。次年度に払うべき税金の半分をことし先払いせよという制度だ。ところが作家など来年にいくら収入があるのか、神様だけが知っていることである。

だいぶ以前のことだが、このことに疑問を呈した新聞の投書に対する国税庁の答えは、来年の半分ことし払っておけば、それだけ来年はラクではないか、という内容であった。よけいなお世話だと思うが、それより、来年には再来年分の予定納税があるのだから、ちっともラクにはならないのである。これも私には理解不能の国税庁の怪論理である。

平凡無為の極にある私のようなもののまわりにも、不可解事は雲のごとく満ちている。

散歩に出かける。

べつに運動のためではない。歩かないよりましだろうという程度のぶらぶら歩きである。公園でご老人たちがゲートボールをやっているのを、横目で見ながら、よく老人が「老いてまわりに迷惑をかけないために健康に気をつける」と異口同音にいうのを思い出した。一見、異論のない言葉のようだが、これにも待てよと首をひねる。

人間、永遠に健康な老人というわけにはゆかない。五十歩百歩、迷惑をかけるのがほんの少し先送りになるだけではないか。先送りになった分だけ老化するわけだから、かえって迷惑の度合がひどくなるだけではないか。……

実は私は七十一になったのだが――去年荒唐無稽のチャンバラ娯楽小説を書いたら、意外に多数の好評を頂戴したのだが、その評のなかに少なからぬ数が、「おん年七十歳にして……」という一節をまじえていたのを思い出した。よくヒトの年齢なんか知ってるもんだ。それにしても七十歳というのはソートーな年齢らしいゾ。

それなのに、だからといってどういう暮し方をしたらいいのか、まだわからない。

帰って、風呂にはいり、大相撲のテレビのまえのこたつにヨッコラショと座って、ウイスキーのオンザロックにとりかかる。アル中（ちゅう）ハイマーの一日。

知らぬが仏

私はよく笑うほうだと自分では思っている。ときには夢の中で笑って、その笑い声で眼がさめることがあるくらいだ。

仕事上、ひとりでいることが多いので、従ってひとりで笑っているわけだ。屋根裏の散歩者が見ていたら、精神病だと思うだろう。

さて、その笑いだが、その原因がひとに説明できないものが多い。自分でさえ、あとになると、そんなことがなぜ可笑(おか)しかったのか、たいてい不可解である。

この間も山荘でテーブルに座って、私がキョトキョトしているので、家内が「なに探してるの」と、きく。

「いや、ハエがいるからハエザラを探してるんだ」

と、放心状態で答えたあと、ケタケタ笑い出した。むろん探していたのはハエタタキである。

つらつら考えるに、怒るのには理由がある。悲しむのには、ストーリーがある。ところが笑いには理由もなければストーリーもないことが多い。むしろ、そのほうが可笑しい。

このごろ訪客でお土産を持参なさる方がふえた。頂戴するのはありがたいけれど、実は私は、久闊を叙するための訪れならともかく、仕事でくるのに土産はいらんだろう、と首をかしげるところもあるのである。

それはそれとして、このお土産を、玄関でまず出た家内にわたして、それから応接間に通る人がある。

そのあと私が応接間にはいる。家内はお茶など持って来たとき、「ただいまはけっこうなものをいただきまして」と報告する。「いや、それはどうもありがとう」と私も礼をいう。

さて、そこはかとない雑談の中、客がふと「ところでホシガキなんかお好きですか」などきく。

「だいッきらいだ」と私は言下に一蹴する。「あんなコナをふいたキンタマみたいなものを食うやつの気が知れない」

「そうですか。……」

客が帰ったあと、家内が改めて報告する。

「あの、いいホシガキをいただいたの。……」

「?!」

数瞬の絶句ののち、私はダハハと笑い出す。はてはヒーヒーと苦悶の笑いに身を折りまげる。

こんな笑いはまだストーリーのあるほうだ。ただし、悲劇的な。——

寝小便

去る夏、寝小便をした。

これは私にとって大事件である。

それで、それ以前に自分が寝小便をしたのはいつのことだったろうと回想した。記憶に残るかぎりでは、それは旧制中学の五年の春である。これだって、いい年をしてひどい話だが――まずその思い出を書く。

私は四年まで田舎中学の寄宿舎にいたが、寄宿舎では一室に一年から五年まで一人ずつという編制になっている。生活は半分軍隊式で、五年になると大将である。それをたのしみにしていたら、四年から五年への春休み、ほかに悪影響を与える、というので、寄宿舎を追ん出されてしまった。そのころ私は支離滅裂の不良中学生だったのである。

そのときは、かえってそれをもっけのさいわいと、町の郊外のある家の離れに下宿した。相当な豪家で、離れといっても広い部屋が七、八室あって、その二階の一室を借りたのだが、朝夕の食事は、その家のお嬢さんが、黒塗りの足つきのお膳(ぜん)をしずしずと運んで来る。それが私とは二つ三つ年上の美しいお嬢さんなのである。

当時は四年で上級学校への入学資格はあるのだから、本来なら受験時代のはずなのだが、私は受験勉強というのが天敵のごとく大きらいだったので、毎日火鉢に干芋(ほしいも)などあぶりながら、悠然として橘外男の人外魔境小説などを読んでいた。軒には雪どけのしずくが、キラキラとななめに落ちていた。……

そこへお嬢さんが食事を持ってはいって来る。二、三語交わすだけで会話らしい会話をしたことはないが、この年ごろ同士特有の緊張と火花が音もなく散る。……ああ、青春よ!

そんなある朝である。寝小便をしちゃったのである。

それも、日本地図どころではない。世界地図だ。とうてい干さずにすむような分量ではない。

私は朝学校にゆくから蒲団(ふとん)を干したりしたことはなかったのだが、あとでときどき下宿のほうで干してくれたりしていた。その日は晴天だったから、ちょうど干しどきである。……

私は首でもくくりたくなった。……それから、どうなったか。

ごまかす気は毛頭ない。狼狽(ろうばい)し、弱り果てた記憶があるだけで、あとどういう始末になったのか、その記憶がまったくないのである。

それを最後に、むろん寝小便などしたことはないのだが、五十年近くをへて、この夏またやったのである。

蓼科(たてしな)にある山荘に、孫たちが遊びにやって来た。三つから七つまで五人。静かなる山荘はたちまちアビキョーカンのチマタと化した。泣き声、笑い声、歌声、絶叫、走る音にころがる音。……

その中で晩酌を始めたのだが、まるで体育館の底で飲んでいるようなものだ。

その親たちは叱るけれど、叱ってとまるような連中ではない。むしろ「叱るな、叱るな」と私はなだめて、「酒はしずかに飲むべかりけり……」などつぶやきつつ、オンザロックをかたむけていたのだが、やはり外界の荒っぽさにつりこまれて、飲み方のほうも荒っぽくなったと見える。

で、夜半ふと気がついてみれば、二階の書斎兼寝室のベッドが冷たくなって、その中で私も冷たくなっていた。……つまり、それだけの量の寝小便をし、それに私はぬれつくし、ひたされ切っていたのである。

だいたい睡眠中に尿意をもよおせば目がさめるのが常態である。また万一不覚のことがあったとしても、数秒後にはっと気づいてはね起きるのがふつうである。そうでしょう。

それが、ありったけ排出して、自分が冷たくなるまで気がつかないとは……小便の出どころどころか、肛門もひらいた状態で寝ていたにちがいない。

ベッドのマットはもとより、掛け蒲団まで、夕立にあったような惨状になっているのを見て、私は茫然と立ちつくした。……

もういちどベッドにもぐりこむはおろか、そこらへんに座るわけにも歩きまわるわけにもゆかない。消えてしまいたいとはこのことだ。夏の夜明けが、これほど待ちどおしかったことはない。

待ちどおしいといっても、さて朝が来てもザンキのきわみだが、といって放っておける事態ではないので、おそるおそる家内を呼んで、恥ずかしながらとその惨状を見せた。

家内も呆れはて、その惨状をひとかかえにして風呂場に持ち運んでいったが、しばらくすると五人の小人の悪魔が喜悦のきわみといった顔であがって来て、「ヤーイ、ネションベンタレ！」とはやしたてた。

私にとって、「終りの始まり」ともいうべき大事件であった。

私の床屋さん

もう二十何年も前になるだろうか、突如として物凄いフケに悩まされたことがある。とにかく頭を五、六回ひっかきまわすと、味の素の瓶を百回振ったくらいのフケが机の上に落ちる。はじめはそのフケで、「山田風太郎」など書いて面白がっていたが、そのうち笑いごとではなくなって、皮膚科のお医者にいった。
脂漏性湿疹（しろうせいしっしん）とかで、何回かかよっているうちに癒（なお）ったけれど、その間散髪にゆけないものだから、妻に刈らせたのが癖（くせ）になって、以来、妻が「私の床屋さん」になった。

月に一回刈っても、二十五年間やったとすれば、三百回は刈ったことになる。うちにアフガンハウンドという毛の長い大きな犬がいる。これを、何思ったか女房は――その長い毛がもつれて玉になっているのが見苦しかったからだとはいうが――あるとき、ツンツルテンの赤裸に刈りあげてしまった。あとで変り果てたその姿を見て私は、「人間だって陰毛までツルツルに剃（そ）られてみろ」と怒ったが、それも毛を刈るくせがついたあげくの愚行であったにちがいない。

それはともかく、女房を床屋にして、べつに会社に出かけるわけでもないから、ま、一応の長さに毛が生えてりゃ結構だと、この無精（ぶしょう）を二十何年か通して来たのだが、最近になって、ふとまた心境の変化をきたして床屋へゆくことにした。

すると——何ですな、いまの床屋は、鏡の下から自動的に洗面機構がセリ出して来て、客は坐ったまま洗ってもらえることになってるんですな。私はまるでタイムマシンで未来の国へ運ばれたように驚嘆して、うっかり、「ホホー、いまの日本の理髪店はこういうしかけになってるのかね、えらいもんだな」と、口走った。

すると床屋が、いったいこの男は何国人だろう、というような顔をした。

わが家の動物記

いまのところ、私が動物とつき合っているのは、二匹の犬と、庭に来る野鳥だけである。

野鳥のほうは、はじめ何気なく残飯残パンを投げてやっていたのだが、そのうち向うからアテにされて、つい米をばらまくようになり、このごろは日本には米が余って困っているのだが、少し以前の話で、戦中派の私には米をまくのに何か抵抗があって、途中からパン粉に切りかえた。営業用の大袋を買って、毎日、水鉢の水をとりかえてやり、このパン粉をまいてやる。

どんなに寒い冬の朝でもこれを欠かさないので、子供が幼いころ、「お父さんは自分の子供よりトリのほうを可愛がる」と、抗議を申し込まれたくらいである。

このパン粉で庭にバカなどと大きく書いて、オナガ、ヒヨドリ、キジバト、ツグミ、ムクドリ、スズメなどが、その字の通りにならんで食べているのを、二階から双眼鏡で見る。どっちがバカだか知れたものではない、と思うこともある。

犬は、屋内用に小さなポメラニアン、庭に大きなアフガンハウンドを飼っている。ポメラニアンのほうは、もう十三年くらいうちにいる。犬としてはもう相当の老人？のはずで、このごろは肉より、マグロの刺身、枝豆などが好物になった。そのうち一杯やりたい、などといい出すかも知れない。その上、アンパン、ヨーカン、大福餅などにも眼がない。主人の私が、酒飲みのくせに、食後によくそんなものを食うからである。犬は主人に似るというがほんとうだ。

毎朝、私が二階から下りてゆくと、短い尾をちぎれるほどふってよろこぶこと、その熱誠度は十三年間毛ほどもちがわない。人間もこうだと、ひとに好かれるんだが、と感心しないわけにはゆかない。実際いままでは、自分の子供より心のかよい合うのを感じる。

このポメラニアンが、庭に飼っているアフガンハウンドがちょっとでもテラスから顔をのぞかせたりすると、赤い声を出して、「お前なんか来る場所じゃない！　身分がちがう！　無礼者め！」と、さけびたてる。

犬は犬仲間より人間が好きなのだが、実際ふしぎな動物だ。長年人間に飼われて来たところから来た習性だろうといっても、猫や馬はこれほどではあるまい。

そのアフガンハウンドだが、これもほんとうは家の中で飼ってやりたいのだが、とにかく日本の家屋が、大きな犬を屋内では飼いにくいように出来ているのだからしかたがない。

しかし、そういう強烈な人間恋いの習性を持つ犬が、ふだん庭の一隅の柵の中に一匹だけいれられているということは、どんなに切なく寂しいことだろうと、そのつらさはこちらも痛いほどよくわかるのだが、どうにもいたしかたがない。ほんとうに大きな犬を飼いたければ、暖炉の前にいっしょに寝そべられるような外国式の家にしなければ、飼う資格がないのではあるまいかと思う。

それだけに、ときどき散歩に連れ出してやるときのアフガンの歓びは天にも昇らんばかりである。実は毎日散歩させなければいけないのだが、必ず途中でやるウンチを拾うのが少々億劫(おっくう)で、とにかく庭が比較的広いものだから、夜だけ放し飼いにして、それでかんべんしてもらっている。

で、その散歩だが、特に夏の夜明けがた、人通りのない町の散歩が快適で、それがヤミツキになって、ついには午前三時ごろ、犬を連れて散歩するようになった。それで娘が、私が真夜中あっちこっちの家のベルを押してまわってお巡りさんにつかまったという悪夢を見たそうである。

いつぞやは、昼、このアフガンの鎖を握ったまま走っていて、先をゆく美人?を追いぬいて、十歩ばかりいってふりむいたとたん、すぐ足の前を走っていた犬につまずいて、両者もつれ合い、こちらは掌や膝に全治数日間のスリキズの出来るほど盛大にころんだ。

いきなり背後から飛びかかられるという状態になって、アフガンは仰天したにちがいない。よく反射的にかみつかなかったものだと思う。ウワウ！　と一声吼えたが、あとは、「旦那、どうしました?」といいたげに、心配そうにのぞきこんでいるばかりであったのには感心した。

道案内

　私は子供が好きだ。ただし、ほんとうの子供、つまり小学生以下の子供にかぎるので、中学生以上になるとそれほどでもない。これは、自分の子供の場合でも同様である。もっとも、そんな子供にどう相手していいか、まったく無能力なのだが。――で、散歩中でも、小学生や幼稚園児のかたまりとゆき合うと、しばらく黙って眺めていることがある。ピーチクパーチクとしゃべっていることを聞くと、その内容も調子も、十年前・二十年前の子供と、全く同じである。当り前の話だが、人間、いつまでたってもゼロから出発とはもったいないようにも思う。せめて、親の身につけた知識なり技術なりの百分の一でも、最初から遺伝出来ればずいぶん効率的なのだが、と嘆声をもらしたりする。また人間、はじめはあんなにだれも可愛いのに、年とともに容貌も性格も加速度的に可愛気がなくなっていって、とどのつまりは老醜の極に達する不可抗的な運命を持つとは――と、人生悲観論者になったりする。

この間、家からだいぶ遠い場所で、小学校三年生くらいの女の子に道を問かれた。はじめて、友達の家を訪問に来たらしく、手にプレゼントの小包みと、地図を書いた紙きれを持っている。その地図が、子供の手で書かれたもので、路地らしきものあり、電柱あり、車庫らしきものあり、ただそれだけで何が何だかわからない。「四丁目、といったんだけどなあ」と、女の子は首をかしげ、番地も忘れたという。

それで、あちこち、いっしょに探した。女の子が大いに気にするから、「いや、おじさんは散歩中だからいいんだ」と、いってやった。

あとで考えると、よくユーカイ犯とまちがわれなかったものである。

ときどき、変な中年男が現れるので、子供に人間不信の警告を与えなければならぬとは情けないことである。ただし、事実上、それはまったく稀（まれ）なことで、無限大に近い大部分は、子供に対しては親切な大人ばかりなのだが。――それに、と私は、そういう事件のニュースを見るたびに思うことがある。金が目的の悪党や、妙なコンプレックスを持った変質者は別として、天涯孤独な四十男、五十男は、ときにまったく純粋な愛情から、見知らぬ女の子をさらいたくなる心理もあるのではあるまいか、と。

たしかに志賀直哉にも「兒を盗む話」という作品があった。……

……いや、私にしてもこんなことを考えるのだから、クワバラ、クワバラ。何にしてもユーカイの罪の重さに変りはありません。

そのとき、女の子は、むろんそういう疑いは全然持っていないようであった。二十分ばかりでやっと探しあてて、その家の門標を見つけ、「よかったね、さようなら」といって、十歩ばかりスタスタ歩いて、ふとふり返ったら、家の前で、暖かい冬の日ざしの中で、女の子はおかっぱ頭をさげておじぎしていた。

忍法亭主隠れ

男の渡り鳥的欲望について

人間、蒸発してしまいたいという欲望にとり憑(つ)かれることは、一生のうち誰だって何度かある。

汚職をして弾劾されたり、罪を犯したり、借金取りに責めたてられたり、どうしても屈辱の場に坐らなければならん羽目になったり——それほど深刻な大ゲサなことじゃなくっても、何とか雲隠れしたいという状態や心理に陥ることは誰にもある。一面からいうと、一生、雲隠れする必要を感ぜず、全然そういう心境に陥らず、ただただ大きな顔をして、あぶらぎって世にはびこりたいと思っている人は、可愛気がなくって、つき合うのが鬱陶(うっとう)しくなる手合だといいたいくらいだ。

「小さくなって、懐手をして暮したい」

というのは漱石の言葉だが、これは雲隠れ願望の稀薄なもので、私などもしみじみとこれに共鳴している。私はずいぶん時代錯誤な一つの夢を年来持っている。それは虚無僧か何かになって、笛を吹きながら北陸か山陰の田舎を廻りつつ、どこかで野たれ死したいという夢である。

しかしここでは「亭主として」雲隠れしたいという――あらゆる亭主が生涯に何度か抱く願望だけに話を限りたい。

それも事態が全面的な破局もいとわないというなりゆきに立ち到ったら、これはもう雲隠れどころではない。天地晦冥である。

そこまでゆかなくっても、どんなにいい配偶者で、どんなに安穏な家庭でも、男は或るときふっとそこから逃げ出して、別のもう一つの人生を送りたいという欲望にとり憑かれることがあるのだ。そんなことをいえば、女性だって同じだといわれるかも知れないが、しかし公平にいって、この欲望は男の方が強烈で、そしてほとんど例外なしといっていいのではなかろうか。

それはまるで渡り鳥の習性に似ている。『動物と太陽コンパス』という本によると、渡り鳥を雛のうちにとらえ、仲間から離して籠の中に入れておいても、或る時期がくると、それまで渡りの経験はいちどもないのに、一種の昂奮状態に入り、いつも頭を一定の方角へ――本来渡ってゆくべき方向へむけようとするそうだが、その本能に似たものが男にはある。まずここのところを御了解願いたいのである。

が、むろん鳥ならぬ人間は、そう簡単に、完全に飛び去ってゆくことはできん。たんに生活という面からばかりではなく。――

「奥さまは、貴方からこんな目にあわされても仕方がないような、何かそんなことでもなさいましたか」

「しないねえ」

「じゃ、奥さまに対して、何か不満でもおありになるんですか？」

「ないねえ」

「それじゃあですねえ、十七年も結婚生活をなすって、しかも何一つ非難すべき点もないというのに、こんな風に捨てておしまいになるというのはひどいじゃありませんか？」

「それゃ、ひどいねえ」

「奥さまはいったいどうして暮してゆきます？」

「僕は十七年間あれを養ってやったんだ。今度は一つ自分の力で食ってみるのも変っていいじゃないか」

「そんなことは出来ませんよ」

「まあ、やらして見るさ」

「子供のことだって考えなければなりますまい。子供たちに罪はない。何も生んでくれといって頼んだわけじゃなし」

「あいつらは長い間楽をして来たんだ。それに、君、誰か面倒くらい見てくれるさ」

「でも可愛くはないんですか？　本当にいいお子さんじゃありませんか」

「それゃ小さい時は可愛かったねえ。だが今じゃ大きくなっちまって、特にどうだとも思わないねえ」

「それゃもう人間じゃないな」

「そうかも知れない」

「恥ずかしいとはお思いにならないんですね？」

「思わないねえ」

「でも世間じゃ、貴方のことを犬畜生だと言いましょうよ」

「言わしておくさ」

これはモームの『月と六ペンス』（中野好夫訳）で、芸術に憑かれてタヒチへ羽搏いてゆこうとする男のせりふである。

ここを読んで笑わない男はなかろう。心打たれない男はなかろう。このせりふを一度吐いてみたいとムズムズしない男はなかろう。

しかし、ふつうの男はここまで痛絶快絶なせりふは吐けない。吐けないから、このせりふに心中快哉をさけぶのである。

それにふつうの男が雲隠れしたいと望むのは、別にこんな風な、芸術の魔神に憑かれてのことではない。それは本能ではあるが、それを触発する原因は、やはり生活の重圧感ないし疲労感、それと浮気という平凡なものが多いだろう。

闇の中の大犠牲について

男において生活の重圧感、疲労感というものは、女性はおろか当人の想像以上のものらしい。

いったい女の方が男より長生きするというのは、女性には特有の長生きするホルモンでもあるのだろうと私は思っていた（事実そういう学説もある）。しかし、動物では一般にメスの方が短命だそうである。妊娠、出産、哺乳という、オスのやらない負担があるのに、オスは一向食物を運んで来るなどということはしてくれないのだから、これは当然の結果である。短命なのは人間のオスだけらしい。以ていかに困苦とストレスが甚だしく、ひいてはそれを超えてなお営々と餌を運ぶ人間のオスの愛情がいかに大きなものであるか、ひとえに御了解願いたいのである。

もう一つ、浮気という奴の方だが、この方がむろん雲隠れの実際行動の原因であることが多く、かつ騒ぎのもととなる。

あくびの出るほど平凡な原因だが、それだけに男の根源的なもので、これによる騒ぎは永遠に人間世界にくりひろげられてゆくだろう。

男である私は、必ずしも男が罪を犯しているとはいえないのである。それは道徳を超越した問題である。なぜなら、それは大地に種をひろく繁殖させたいという神様から吹きこまれた衝動によるものだからである。それなら女性も同様だといわれるかも知れないが、女性は子宮の機能の可能性のかぎりをつくしても、まず一年に一人、しかも生涯のうち三十数年の或る期間だけに限られる。

しかし男性はその機能の可能性のかぎりをつくせば、一年に数百人、生涯に数千人の子孫を残すことも、理論的には成立するのである。これを同一条件に置くということは、人の理には合うかも知れないが、天の理に反する。ここのところをよくよく御了解願いたいのである。

この天の理に従って、男は蠢動を開始する。たとえそれを抑制したとしても、そこには相当の心中の格闘が起る。男の心中のたたかいを、妻や子供は知らない。それで太平楽な顔をして暮してゆく。知っても、夫や父の抑制を当然のことだとけろりとしているだろう。

男の心の波瀾はむろんエゴイズムである。しかし妻や子供の太平楽もまたエゴイズムである。男の大犠牲はだれも知らない。闇の中の大犠牲である。そして男は老いてゆく。――思うてここに至れば、男のふびんさに五体ために裂けんばかりである。

が、男は時として、この天の理に反しがたく、浮気を実際の行動に移す。「女房のヤクほど亭主モテもせず」というのは事実だが、しかし少なくともモテようとしてあがきぬくこともまた事実である。そのために数日、もしおゆるしを戴けますならば数年、せめてものことに一日だけでも雲隠れしたいという悲願を抱く。これが雲隠れの程度にとどまるのは、男の狡猾さというものではなく、男の善良性のあらわれだと深く御了解戴きたいのである。

その雲隠れでさえ、事実に反してしばしば馬脚をあらわし、不細工な悶着をひき起すのが世のならいである。

そこで思い出すことがある。私は旧制中学時代、寮にいたが、消灯後、町へ出たくて出たくてしかたがない。なに、町へ出たところで、屋台に首をつっこんでうどんを食うくらいなのだが、ともかくこれが発覚すると、退寮はおろか停学処分も受けかねないご時勢であった。それなのに出た。友達と相つれて出た。こういうこともあろうかと、舎監の先生が夜、点検して廻る。で、見つかって、友人はみな処分を受けてしまった。

私は無事であった。その秘密は何か。甚だ図々しくて申しわけないが、一切知らぬ存ぜぬと徹底的に事実を認めないこと、それ一つであった。

この手は警察には通じまいが、先生と女性だけにはある程度通じるような気がする。

——

とはいえ、雲隠れのゆくえや事実を鉄面皮に白ばくれる、というような強引なことは、できたらやりたくないものである。

そこで、何とかもっとエレガントな、女性の想像を絶する奇抜な雲隠れの方法はなかろうか、と考えてみる。それが、ない。

たとえあっても、実行可能ならその秘法を『婦人公論』に公開するなど以てのほかだが、実際問題としてそれがない。かくて思案は、次第に幻想的なものになってゆく。

事実、いなくなってしまうのだから、そのことを錯覚させるわけにはゆかない。だから雲隠れしたなと知られても、その場所と手段の奇抜さに心胆を奪われ、拱手傍観するほかはない、というような法はないか。

窮余の果てのSF的消身法について

まず場所の問題。

浮気のためではなく、必死の隠れ場所として私が以前に書いたSF的荒唐無稽譚のうち、一番変っているのは、鏡の中と、女性そのものの体内であろう。

実際、鏡の中へスウと入ってゆけたら、助かるでしょうな。普通人は金輪際入れず、本人と本人の望む人間だけ、その世界へ入る。その中で、たとえ愛の姿を見せたとしても、その幻妖さに、見る者は茫然恍惚として佇立しているのではあるまいか。しかし、事実こういうことになったら、たちまち化粧瓶か何か投げつけられて鏡がコナゴナに砕かれるのがおちでしょう。私の小説でも、鏡を砕かれたために、中に入った人間は永遠に異次元の世界へ没し去って、二度と還って来ないということになっている。

もう一つ、女性の体内に入るというのは、子宮の中へ入れてもらうのである。

人間の内臓の七〇パーセントは水である。骨の二〇パーセントは水である。歯でさえ五パーセントは水である。要するに人間の六三パーセントは水なのである。で、あらゆる水分を瀉泄し、排泄しつくし、頭蓋骨は縫合部分を重ね、肋骨は傘のごとくしごいて折りたたみ、手足は軟骨化し、体腔の空気はすべて抜いて——人間のふるさと、女性の子宮にもぐりこんでしまう。

これが浮気の相手であったら、たとえ血相かえて女房に乗り込んでこられても、ぶざまに洋服ダンスなどに這いこんでふるえているよりもはるかに安心立命の潜伏場所になるであろう。

ただし——私の小説では、恋人の胎内からふたたび現われた男は、この世の深淵をかいま見たような、ウナされたような顔をして、恋人の顔を見ず、ただふかくお辞儀したまま別れてゆくということになっている。

次に手段の問題。

べつに女房がいやになったわけではない。ただないしょでよそへゆきたいというだけなのだから、できればからだが二つあればよろしいのである。つまり分身ということが可能なら、それに両方相勤めさせればよろしいのである。

分身。——からだを二つに切り離す。

私は二人の人間を胴で切り離して上下を入れ替える手術を行なうという小説を書いたことがある。で、友人に頼んで、上下を入れ替える。下半身が友人の顔を持つ上半身を運んで出てゆく。……

しかしまた考えるのに、これが可能なら百尺竿頭(ひやくせきかんとう)一歩をすすめて、女房にいちど下半身をゆずって見たらどうであろう。……それじゃなんのための浮気かわけがわからんことに一応はなるけれど、ともかくも男性の下半身を実際に体験していただいて、爾後(じご)の御了解を願うためである。

それからまた「乗り移る」という手もある。

いったい男性は一回のセックスで数千万だかの精子を放出するといわれる。この一個ずつが、それぞれのちにこれほどうるさい人間というものに成長する可能性を抱いたものをである。この無限と形容してしかるべき霊魂と生命力をただ放出して、そのままぽかんとした顔をしている手はない。

これに念力をこめて、おのれの魂を託す。つまり自分が女房に乗り移ってしまうのである。爾後、その精子の生命力の持続するかぎり――ほぼ、二十四時間――女房の精神状態は亭主そのものとなる。で、かくて女房に乗り移り、堂々と、いそいそと浮気の相手のところへ出かけてゆく。いや、これはだめか。

もう一つ、魂の分身ということも考えられる。実際の肉体はここにありながら、魂ははるか彼方へ雲隠れしているという状態である。たんに夢みるというだけではない。夢は、自分が夢を見ていると承知しているということは稀有で、夢の世界ではいかにそれが奇怪なるものであろうと、現実の世界と同様に人は泣き、笑い、恐怖し、感覚しているものである。これを人工的に統制し、製造し、相手と脳波を交歓させて夢の世界であいびきをすれば、実際に雲隠れしたと同様の結果となるといえるのではあるまいか。……とはいえ、やはり少々物足りない気がしないでもない。

……要するに、幻想の世界なら知らず、事実上、そんなウマイ法はない。というのが結論である。

いや、ただ一つある。

それはさっきから、くりかえしくりかえし御了解願っていることを御了解願うことである。誠心誠意、例の天の理について解説し、ひたすら哀訴し、奥さまの寛仁大度によって御了解願い、正々堂々と雲隠れする以外にない。至誠天に通ず、これこそ最大の「亭主隠れ」の秘法である。

しかし、了解はしてくれんでしょうなあ。

女の空想力

「奥さんにかける忍法はありませんか」という編集部からのおたずねです。「冗談じゃない、僕が忍術をかけられてる方です」と答えて、この問答は終わり。

しかし拙作（せっさく）「忍法帖」がベストセラーになり、相当数の女性ファンがあるときいて、ありがたいといいたいが、本当のところは面映（おもは）ゆい。それにしても、女性の中にも、あのような荒唐無稽の空想物語に面白さをおぼえる人があるということは意外であった。

男性と女性と、どちらが空想力が旺盛か。

男性といってもいろいろあり、女性といってもさまざまあり、また空想という言葉の定義にしても、解釈のしようでどうともなるから、いちがいにはいえないが、それでは論議がすすまないから、ごく大ざっぱにいうと——あまり現実ばなれした空想というやつは、やはり男性の方が旺盛なのではあるまいか。

「忍法帖」に女性ファンもいる、ということを知ったいまでも、僕のこの意見は変わらない。

もし五万円もらったら、という問いを受けたら、その使用法について女性の方の解答が精細をきわめるだろうし、もし一千万円もらったら、となると男性の答えの方が早く出るだろう。場末(ばすえ)の飲み屋で、ドゴールの中共承認は、などと泡をとばせているのも、男性のこの空想癖につながるもので、女性からみればばかばかしいかぎりだろう。

こういう点では、女性はあくまで現実的であるが、その現実的な点が、同時に双刃(もろは)の剣となって空想的となるふしぎな性質が女性にあるような気がする。

例えば、夫婦のあいだのもめごとによくあるケースだが、「亭主たる者はあまり自分の仕事に血道をあげないで、妻ないし家庭サービスに、もう少し力を入れて欲しい」という女性の側の要求がある。ごもっともである。

しかし、これに対して、男からの言い分もある。剣心一如、全然、仕事の権化(ごんげ)となる天才、偉人は問題外として、ふつうの男には、だれだって五年先、十年先についての漠然たる見通しがある。少なくとも、見通しをつけようとする。

従って、いまは大丈夫でも、さきはどうなるかわからないという認識がある。そこで、仕事は出来るうちにしておけという焦(あせ)りにとらえられる傾向がある。

ところが、一般に女性は、現在唯今のことしかわからないらしい。

例えば、いま相当の収入があると、それが永遠につづくもののような錯覚を起こすらしい。そんなに仕事をしなくても、という。その仕事をやめればその収入も消滅することは自明の理なのに、ふしぎに仕事はやめても収入は同じように入るという前提があるらしい。

金銭のみならず、美や愛情の問題でも、女性はしばしばかかる錯覚にとらえられる。

いまのお嬢さんは、たいてい姑のあるところを敬遠する。強く別居を希望する。そこからさまざまの悲喜劇が起こる。

――それはそれで充分理由のあることなのだが、しかしその希望の中に、数十年後、やはり自分も姑となる可能性のあることには、まったく眼をふさいでいる。

「子供が大きくなったら、私の方で別居します」

と、昂然(こうぜん)という。

しかしそれはまったく言葉だけのことで、子供と別れる孤独の恐怖は迫真的でない。

それには空想力を要するからである。

いかにこういう言葉が空虚なものであるかは、子供の能力、未来に対する期待が、一般に母親の場合、父親に数倍するのではないかと思われる現実から想像されるだろう。

子供に対する空想力――これだけは、たしかに女性の方が男性よりも旺盛をきわめるようである。

ギックリ腰奇談

私がギックリ腰にやられたのは、もう十何年か前の話になる。

その年の夏、半日、草むしりをした。どうも御苦労千万なことをやったもので、それが自分の家の庭ではなく、隣の空地の草むしりなのである。いちめん人の背丈ほどのびているのを見るに見かねたのだが、まあそんな仕事が面白かったせいもある。

その夜、原稿を書いていて、途中ふと仰むけに寝ころがり、さて何気なくムクリと半身を起こそうとしたとたん、突如腰にギクッと激痛が走り、それっきり、腰の一点をピンで刺しとめられた昆虫みたいに動けなくなった。西洋でギックリ腰のことを、魔女の一突きというそうだが、まさにその通りであった。

いまにして思えば、その原因は、ただその日の無理な労働のせいばかりでなく、長年にわたっての運動不足と、仕事をするときの私の姿勢がよくなかったせい以外の何物でもない。そのころ私は座机に向ってあぐらをかいて執筆していたのだが、よく片ひざを立てて書いていたりしたものだ。そのおかげで、私の背骨はいつしか、くの字型に――前後に、ではなく、左右に、くの字型にまがっていたのである。

「くノ一忍法帖なんてものを書くからだ」

と、笑ったのはあとになっての話で、そのときは、いったい何事が起ったのかと仰天した。この最初の魔女の一突きは、数日間静臥していただけで何とか癒ったのだが、さあそれから十数年、断続的に腰痛に襲われることになった。

とにかく、重い物を持つのがいけない。たとえば百科事典でも、四、五冊重ねて持って歩くと、てきめんにあとで腰痛を発する。そのことがわかっているのに、ついうっかりそのたぐいの失敗を繰返すのである。そしてそのたびに、私は丸太ン棒のようになるほかはない。

ところが、何年かたって、横溝正史先生御夫妻が拙宅においでになったとき、持病の話が出て、奥さまがハリをおすすめになった。

「お言葉ですが、わたしゃこれでも医者の学校を出てるんで……」

と、私は苦笑した。まだ世にハリの偉功がそれほど知られない時勢であった。すると、

「それはそうかも知れませんが、まあ、だまされたと思ってやってごらんなさい。だ

めならだめで、もともとじゃありませんか」

と、おっしゃる。

それで、その次にまた腰痛が起って難渋したとき、半信半疑で御推薦の或るハリ病院に出かけた。

私は右に高言したように、ともかく医大を出ているくせに、本人は注射されるのも大きらいな男である。それなのに、ハリなるもので、メッタヤタラに刺しまくられてはどうなるのだろう、という不安があった。その上、いってみると、ハリを打つ人々はむろんみんな「眼の不自由な人」で、病室もなんだか昔の小学校の一室みたいにうらぶれた感じがする。私はいよいよ恐慌をきたした。

やがて、あまりきれいでないベッドに横たわり、上半身裸になって、背中をチクチクやられはじめたのだが――それが、全然痛くないのだ。まるで腰の内部にあるシコリの玉をつき崩され、溶かされているようで、ときに感じるかすかな痛みさえ一種の快感としか感じられないのだ。

なんと私は、そこへいったとき、車の乗り降りさえ大困窮するありさまであったのに、出て来たときは颯爽と乗り込むという奇蹟が起こったのである！

私はマージャンとハリを発明しただけでも、中国人は真に偉大な民族であると感嘆した。爾来、腰に異常をおぼえるたびに、このハリ医院にかようようになった。

そんな或る日のことだ。ここでは、ベッドがあくたびに、治療の順を待っている人をマイクで呼ぶのだが、突然、

「カイオンジ・チョーゴローさん！」

と、いう声がした。

ベッドでハリを打たれていた私は、ありゃ？　と思った。

やがて、隣のベッドに横たわったお人を見ると、まさしく海音寺潮五郎氏である。

私はそのときまで、めんとむかってお会いしたことはなかったが、お顔は写真で知っている。

向うはこっちを御存知ない。それに私の場合は、ペンネームでなく本名で呼ばれたのである。

御挨拶しようと思ったが、何しろ上半身裸で横たわったままだから失礼だ。こちらが治療をすませて起き直ったところで改めて御挨拶しようと思い直して、私は眼をあけたり、つぶったりしていたが、そのうち激烈な可笑しみにとらえられた。

まわりのようす、当人のありさま、いずれも右に述べたように何とも哀れをとどめた状態である。そこにこの両文豪？　が、一方は知ってるけれど一方は知らず、初対

面の顔を向い合わせている――と、思ったら、可笑しくて可笑しくて、笑いがのどの奥から飛び出してきそうであった。

それを抑えるために、数分おきに全身の筋肉をぎゅっとひきしめるものだから、うしろでハリを打っている「眼の不自由な人」が、ハリに異様な感触を受けるらしく、

「痛いですか？　痛みますか」

と、心配そうに訊く。

「いや、痛くないです」

と、私は答える。こんなことが何度も繰返された。

あとで御挨拶したら、海音寺先生はずっとここを愛用されているらしく、「いや、もうトシで、私はダメですよ」と嘆かれた。

しかし、それから数年たっても御健在で、承わるところによると、最近は三十くらいもお若い奥さまを迎えられたということで、おめでたいかぎりである。これもひとえにハリのせいにちがいない。

と、またハリ礼讃をやりたいのだが、実はこの奇蹟的と思われたハリも、その後どういうものか、だんだんと効かなくなり、ついに本格的にわが母校の病院に入院するのやむなきに至った。

私が入院などしたのは、実はこのギックリ腰による入院が、あとにも先にもこのときだけである。

このときは、車に座ることも出来ず、リアシートに寝っころがったまま、多摩市の自宅から淀橋の病院までいったのだが、甲州街道を約一時間、ほかの風景は一切見ないで車の窓から空の雲ばかり見て走ったのもはじめてである。

結局二十日ばかり入院したのだが、そのときの話は割愛して、このときコルセットなるものを作ってもらった。細長い金属片をしんにした丈夫な布を腰に巻くのだが、これが実に効験あらたかである。

以来、腰がおかしくなると、二、三日、これを巻く。すると、てきめんに癒る。以前、あれほどひんぱんに悩まされた腰痛も、これで何とかなだめることが出来て、ハリ病院へは全然ゆかなくてすむようになった。

だから、旅行するにも、カバンの底に必ずこのコルセットを、用心のためにいれてゆく。

ところで、飛行機の旅だと、どこの空港でも例の爆発物探知のゲートを通過させられるのだが、いつも小生のカバンがジーと鳴ってひっかかる。そこで先日、カメラなどの一切の金属物をはじめからとり除いてカバンを台にのせたところ、やっぱりジーと来て、やっとその正体が判明した。

「あ、コルセットですか」

と、係員が中をのぞいて簡単にいったところを見ると、案外コルセット持参の旅行者が世に多いのかも知れない。

まちがえられた話

去年の夏のことである。私は蓼科の山小屋に避暑にいっていた。

蓼科は涼しくて、真夏でも戸をしめ切ってスキヤキが食えるほどである。で、ある日、ビールを飲んで、スキヤキを食って寝た。

すると、その真夜中、怖ろしい腹痛に襲われた。輾転反側（てんてんはんそく）という言葉があるが、そうすることも不可能なほどの全身からあぶら汗がにじみ出るような右腹部の痛みである。たまりかねて家内を起こしたが、蓼科の山中では医者を呼ぶことも出来ない。だいいち電話もない。

夜明けを待って、電話のある売店へいって、山麓のある町へ電話をかけさせて、救急車に来てもらうことにした。

私はてっきり虫垂炎だと思い、手術ということになるだろうと考えて、それにそなえて苦痛に耐えながら、小便だけはしておいた。赤い錆（さび）色の小便が出た。

着物を着かえる気力さえないありさまで、寝巻にズックの靴というヘンな姿のままで、救急車にころがりこんだ。

そんな烈しい腹痛もはじめてなら、救急車のお世話になるのも、はじめての経験であった。ただ車の底に横たわり、窓を通して美しい山の樹立と蒼空の雲だけを見ながら、山を下っていった。

すると――その途中から、急にけろっと、まるでぬぐったように痛みが消えてしまったのである。

やがて町の病院に着いた。入口からすぐの待合室にはたくさんの患者が詰めていたが、救急車で来た病人は真っ先に診(み)てもらえる権利があるらしい。ほんのさっきまで輾転反側も不可能な状態であったのが、このときはもうピンピンしていたのだが、とにかくあの痛みがただごとではないことはたしかだから、私は大手をふってそのまま診察を受けた。――結果は、輪尿管結石らしい、ということであった。

腎臓に出来た微小な結石が、輪尿管のどこかにひっかかると、その部分に激痛をひき起こす。――あとで知ったのだが、この痛みのために、ときに失神さえする人もあるというから、なるほど私が痛かったのも無理はない。

その痛みが消失したことをいうと、医者は首をかしげて「それじゃあ結石が小便といっしょに出てしまったのかも知れない。よくあることです」といい、一応鎮痛剤だけあげるから、東京に帰ってもういちど精密検査を受けなさい、といった。

——結論からいうと、それっきりである。その鎮痛剤をのむまでもなく、帰京後どこの病院にもゆかず、あの痛みに二度と襲われることはないままに、無事一年たった。

ところで、家内が薬をもらってくれるのを、私は待合室で待っていた。

田舎町の病院は老人の無料診療のために、爺さん婆さんのロビイ化している、といわれるが、ロビイ化というのは悪意のこもった形容だけど、それはまったくほんとうだ、と、爺さん婆さんだらけの風景を眺めながら佇んでいると、ふとそばの一人の爺さんが、

「旦那は、警察の方ですか」

と、いった。

「?」

それが方言なので聞きとりにくい、というより、いわれたことが余りに思いがけなかったので、私はとっさに意味もわからなかった。

この年になるまで「警察の方」にまちがわれたことなどあるはずもなく、だいいち私のそのときのいでたちは、ユカタの寝巻にズック靴という、世にも哀れな姿なので

ある。

私はあっけにとられて病院を出たが、あとになって老人のいったことの意味がやっとわかった。

救急車に乗って第一番に診察を受ける以上、その病人は半死半生でなければならないはずだが、私が至極ピンピンして大手をふってはいってはいったので、そこで爺さんは、てっきり警察の人間だと思い、それにしても私がそうらしく見えないので、逆にあんな質問をしたのだろうと思う。

田舎で警察関係の人間が、どんなに特権を持っているか、あるいは、どんな特権を持っていると思われているか、を証明する挿話だが——とにかく、そんな人間とまちがえられたのは、臍(へそ)の緒切ってはじめてだ。

ところで、病院を出てから、山荘の冷蔵庫がダメになっているのを思い出して、町で新しい冷蔵庫を買ったのは滑稽(こっけい)である。三十分ほど前救急車で運ばれた人間が、である。

それで、私がまちがえられた別の話を思い出した。

去年の暮れ、私はある人のお葬式に谷中へ出かけたが、そのときは黒紋付に白足袋というでたちであった。こんな姿も当世ではまあ珍しい。家を出かけるとき、

「まさか役者とはだれも見てくれるはずがないし、落語家とも思うまい。いったい他人から見て何だと思うだろうね」

と、訊いたが、

「さあ?」

と、家内も返事に窮した顔をしただけであった。

ところが、葬式の帰り、タクシーに乗ったら、しばらくして運転手がふしぎそうにいった。

「旦那は将棋のかたで?」

ナルホド。このほうなら、まだわからないこともない。もっとも私は将棋は知らず、麻雀も百戦百敗の男である。

III

世の中で一番いい商売

私は世の中で一番いい商売は作家ではなかろうかと思っていた。はじめに誤解を避けるためにいうが、それは収入のことではない。この間或る新聞で、現在税金面で特権階級はいかなる職業か、というアンケートを出したところ、第一位が政治家、第二位が医者、第三位が作家と芸能人という答だったそうで胆(きも)をつぶした。

政治家と医者はまさにその通りだが、第三位はまったくの大誤解である。これは毎年の春、新聞に妙な番付が出るせいに相違ない。

芸能人はどうか知らないが、作家はサラリーマンと同じで、一円のまちがいもなく収入が税務署につかまれるからのことで、しかも全作家のうちで高収入のある人は、せいぜいあそこに出る十人内外だけだろう。実業家などとは一ケタも二ケタもちがうし、実質あれくらいの収入のある人は、ほかの職業ならどんな種類だって、何百人も何千人もいるだろう。ただニュース価値がないから新聞に出ないだけのことである。

私が作家が一番いい商売だというのは、むしろほかの職業にくらべて貧乏ではあるが、まず飲みたいときに酒を飲み、寝たいときに寝、いやな奴とはむりにつき合う必要がない、という何にもましてかえがたい自由があるからである。

ほんとうはなかなかそうもゆかないが、まず本人に確固たるその意志があればこれは出来る。ほかの職業では、たとえ本人にその意志があってもそうはゆくまい。

しかし、そのうち、ふと植木屋を見ていると、これは作家以上にいい商売ではないかと思いはじめた。

庭の木をパチパチやっては、日当りのいいところで一時間くらい腰を下ろして煙草をのんで眺めている。相手が木だから何の苦情もいわない。それに木というものの値段がわからない。一本の梅の木を、三万円といわれても十万円といわれても、素人には見当もつかない。また植木を買ったり手入れをしたりする人は、金持か、少なくとも金に余裕のある時かだろうから、金のとりっぱぐれということはあり得ないだろう。さらに、どんな木をどんな値段で売ったか、税務署にもわかるはずがない。植木屋は自分の家の庭に植わっている木だけ売るものではないからである。

いろいろ考えて、これは伜（せがれ）を植木屋にするに限る、と思っていたら、このごろ、世の中で最高の職業はゴルフの先生ではあるまいか、と確信するに至った。

ゴルフの先生は、あんな空気も景色もいいところに年中棲息している。しかも、これも相手がまず金持か、少なくとも人間の金のある時かに限られていること、植木屋以上にちがいない。その上、御存知のごとく、あそこでは一応紳士ということになっているのだから、妙なかけひきなどする必要がない。

妙なかけひきなど一切役にたたないこと、小説家以上である。うまい奴はうまい、下手な奴は下手、いくらおべっかをつかったって、全然どうにもならんこと痛快なくらいである。

そして、植木屋なら旦那が庭に出てくれれば、鉢巻くらいとってお辞儀しなけりゃならんだろうが、この方は、いかなる億万長者であろうが、いかなる古今の大学者であろうが、いかなる絶世の美女であろうが、さらに税務署長であろうが、ゴルフの先生に対しては直立不動となり、顔をあからめ、まさに三尺下がって師の影を踏まずという態度にならざるを得ない。

実際、私たちから見ると、プロの先生は神様としか思われないが、神様も神様で、何か悩みや不平をお持ちなのであろうか？　ただ、神様、つまりプロになるのが大変だ。小説家には簡単になれるが、これは月へゆくより難しい。

林不忘の税金の話

去年の秋、佐渡の相川にいって、ここが林不忘の生まれ故郷で、その先祖が佐渡の金座の役人であったことを知った。

以下は尾崎秀樹氏の文章から得た知識だが、昭和十一年版の「朝日年鑑」によると、林不忘は年収八十七万八千円の査定を税務署から受け、七千五百円の税金を徴収されているとある。

というところを見ると、昭和十年度の収入のことであろうが、林不忘はその昭和十年の六月、三十六歳で亡くなっている。

さて、昭和十年に於ける八十七万八千円は、いまの貨幣価値にしていくらくらいになるであろうか。先日新聞で見たら、ほぼ一千倍とあったから、八億七千八百万円となる。松本清張さんが十回くらい宙返りしても追っつかない。しかも林不忘は、その年の半ばで死んでいるのである。戦後作家は恵まれすぎているという説だが、いったいこりゃどういうことになっているんですかね?

どういうことになっているのかわからんのは税金もそうである。いま八億七千八百万円も年収があれば、こちとらには見当もつかないけれど、少なくとも七億円くらいは持ってゆかれるんじゃないかと思う。しかるに林不忘は——いまの時価にして、七百五十万円の税金しかとられていないのである。八億七千八百万円のうち、八億七千万円以上が手取りになっているらしい。税率実に一%以下。

これが事実であるとすると、さらにさらにわからんのは、これくらいのわりで税金をとっていて、当時の日本が——ともかくも世界で二、三位と自負していた陸海軍を持っていたことである。

いったい、その金をだれが払ってたんだろう、とこのあいだ、だれかにきいたら、首をひねって、「財閥でしょうな」といった。それをきいて、そんなことならザイバツよ、もういちど出てくれ! といいたくなった。

わけがわからんといえば、いまのやはり世界第何位という自衛隊もわからない存在だが、それにしても昭和十年ごろの陸海軍の予算にくらべたらはるかに低率の国防費であると思われる。にもかかわらず、いまの重い税金は——例えば僕などは林不忘の数十分の一の収入で、不忘よりはるかに多い税率で税金を払っている——いったいどこへいっちゃうんだろう？　といったら、「そういえば、あのころにくらべて乞食というものがいなくなりましたな」という見解であった。つまり社会保障が発達したというわけだ。

ザイバツもない代り、乞食もいなくなった。昭和十年を羨むことはない。まあけっこうな御時勢であります。

もっとも——僕の予感によると、いまの天下泰平は永遠のものではありませんね。それどころか、そう長くないような気もするんですがね。

郷愁のない国

日本の町や村を見るより、西洋の町や村を見たほうが郷愁を感じる……といったら、キザのきわみのようだが、実際そう感じることがあるのだから、しかたがない。

別に私は、実際上も書物の上でも西洋と縁はない人間だが、はじめてヨーロッパにいって、なだらかな麦畑のかなたに教会の尖塔(せんとう)を見たり、マロニエの実の落ちた田舎町の石だたみの路地を向こうから歩いてくるおばあさんを見たりしたとき、「ああ、こういう風景はどこかで見た……」と、しばしば感じた。

それなのに、日本ではどこへいっても、そんな郷愁をさそう風景を見たことがない。なぜだろう？　と考えた結果、私はそれが絵本のせいだと気がついて、一笑した。幼いころ読んだ西洋童話の挿絵の風景が、いまもそっくりあちらには残っているのだ。それにくらべて日本では、絵本はおろか、幼少年のころに見た村や町の景観は一変している。

よく東京生まれの人が、自分たちにふるさとがない、と自嘲的にいうけれど、いまでは田舎生まれの人間だって、少なくとも風景の上では、ふるさとはない。

　この変化の最大の理由は、いうまでもなく全土灰じんとなった戦争のおかげだが、しかしもともと昔ながらの日本の家、町そのものが、近代生活にたえられない性質のものだったから、やむを得ない現象ともいえる。

　しかし、美的見地からみて、その風景が昔よりよくなったか、というと首をかしげざるを得ない。

　とにかく日本では、親と子が同じ辻とか同じ路地とかで遊んだという記憶を共有することは、まずあるまい。ヨーロッパでは——いや、それ以外のどこの国でも、それがあるのではないか。そのほうが多いのではないか。

　郷愁を感じさせない国に生きて、しかしみんなそんなことはあきらめた顔をしているけど、やはり一まつの寂しさは、だれも感じているのではあるまいか。

美しい町を

日本の町が、昔にくらべて美しいものになったか、というと首をかしげるが、それでは昔の町は美しかったか、というと、これもうなずきかねる。

永井荷風は、大正はじめごろの東京に、江戸の面影を求めて日和下駄(ひよりげた)をはいて歩きまわったが、それでも、「一体江戸名所にも昔からそれほど誇るに足るべき風景も建築もあるわけではない」といい、ただ坂や崖や樹や水などに郷愁をおぼえている。

実際「江戸名所図会」などに描かれた町並みは美しいが、幕末の風景写真など見ると、ただわびしくなるのを禁じ得ない。荷風はそのわびしい江戸のほうが、明治以来の東京の近代化ぶりの安っぽさ、醜さよりはるかにましだ、といっているのだ。

日本には美しい町というものが、かつて存在しなかったのではないか、とさえ考えることがある。

とはいえ、それでも江戸時代の江戸は——いま残る京都や宿場町を見てもわかるように——それなりに一種の様式美を見せていたにちがいない。

それが、いまの東京にはない。

私は正直なところ、銀座四丁目に立って見わたしても、これが銀座か、と、憮然とする。日比谷公園にはいっても、憮然とする。都心のこういう場所の景観は、何らかの印象で、思わずあーっと嘆声をあげたくなるようなものでなければならない。

日本はそろそろ本腰をいれて、半永久的に美しい東京を——東京ばかりではなく、どこの都市も——作りあげる仕事にとりかかってもいいのではないか。もういちど、太平洋戦争をやるほどのつもりで。

それには大変な費用がかかるだろうが、太平洋戦争をやるくらいのつもりなら、お安いものではないか。しかも、あれは何もかも太平洋に沈めるため、これは半永久的に地上に残すためのものだ。

風が吹けば……

相撲に「片男波部屋」というものがあることは相撲通の人はみなご存知だろうが、「片男波」とは何のことか、知っている人はそう多くもあるまい。

辞書で調べてみると、「男波」とは高い波のことで、低い波を「女波」というそうだが、「片」の意味はなんだかあいまいである。語源を見るとこれは、なんと万葉集の山部赤人「和歌浦に潮満ちくれば潟を無み芦辺をさして鶴鳴きわたる」という歌から発したものなのである。

「潟を無み」とは、この場合、干潟を無くして、という意味だろうが、これが片男波の由来だときけば、山部赤人も片男波親方も眼をぱちくりさせるにちがいない。

物事にはすべて由来があるが、その原因と結果がつながっているようで結局思いがけない事態を招くのは例の「風が吹けば桶屋がもうかる」ということわざがある通りで、「風が吹けば……」は落語だが、このごろ私はこの世の歴史、個人の運命の大半は「風が吹けば……」式にあたるのではないかという気がしてきた。

その例のあれこれを考えてみる。

たとえば太平洋戦争の原因だが、その原因のまた原因をさかのぼってゆけば、ほとんど無数に近いだろうが、私はその有力な遠因に、日本がドイツに眩惑(げんわく)されたこともある、と考えている。太平洋戦争直前の三国同盟ではない。明治初年のプロシャへの傾倒である。

明治四年、岩倉使節団は欧米を回覧した。その結果、学ぶべきは経済ではイギリス、芸術ではフランス、軍事ではドイツと判断した。私はつくづくその眼識力に感心していたが、再考してみると、この軍事はドイツとした判断は大ミスではなかったかと思う。しかしその当時は、ドイツがフランスに勝利を得た普仏戦争が終ったばかりで、ドイツの軍事力に眩惑されたのはむりもない。

幕末、日本に開国を迫ったアメリカはどうしたのか。これはその数年前の南北戦争の影響で、しばらく日本などかえりみる余裕はなかったのである。

こうして日本は――特に日本陸軍はドイツ色に染まり、その親独的、武断的体質は、三国同盟から太平洋戦争までつづいたのだ。

もしもあのときアメリカが南北戦争をやらず、ペルリ、ハリス以来の日本に対する強引な世話やきぶりを継続していたら、あるいはドイツが普仏戦争で勝っていなかったら——太平洋戦争は起らなかったかも知れない。

話が飛ぶが、日本文化の真髄といわれるワビ、サビの根源は、地震と台風だと私は考える。

日本の庭園は結局石の庭だと思うが、庭石になる石はたくさんあるのに、大理石のような建築に適した石を産しない。かりにあったとしても地震や台風に耐えられるような建築術を知らない。もともと森林国で、かつ倒れても石にくらべればまだ安全な木造建築ということになったのだろうが、これだって地震台風があるたびに廃墟(はいきょ)となるのを常とする。

その惨状を幾百ぺんもくりかえしているうちに、日本人の芸術観に滅びの美学が発生した。ワビ、サビ、無常感、もののあわれなどである。

芭蕉が、「西行の和歌における、宗祇の連歌における、雪舟の絵における、利休が茶における、その貫道するものは一なり」といったのはこの美学である。むろん芭蕉は自分もその系列につながるものと考えていたにちがいない。

この美学は非常に魅力あるもので、私のようなものでも影響を受けて、いつかは山中に方丈（四帖半）くらいの小屋を作って、そこで何とか生を終りたいという妄想にとらえられているくらいである。

それはいいのだが、この思想はシンプルライフへの憧憬を生み、これらの大芸術家とちがう一般民衆に、その生活が簡素をすぎてチャチでいいという考えを持たせてしまった。

そのいちばん甚だしいのが、建築及びその集合体たる都市のチャチ性だ。

戦前日本の町は表通りからは洋風に見えるが、それは一枚のベニヤ板を貼りつけただけで、空から見れば瓦屋根やトタン屋根という建物を作っていた。

それでも田舎の昔のワラ屋根などは、それなりに日本の風景に溶けこんでいたが、戦後は火事予防のためか役所から禁じられて、みんな安っぽいトタン屋根に変ってしまった。ほかに何か工夫はないのかと思うが、これもチャチ性の恰好なあらわれである。

世界屈指の金持国といわれるようになってからは、さすがにベニヤ板貼りつけの家はなくなったが、それでもヨーロッパの都市にくらべれば町の景観の薄手ぶりはいかんともしがたい。

実をいうと私は銀座を見ても、これが日本最高の繁華街かと憮然とする。

日本人から都市の創造力を奪ったのは、地震である。日本人にチャチ性をシミつかせたのは、台風である。これこそほんとに「風が吹けば……」の適例だ。

もうひとつ、最近のカタカナ語の流行は何から発生したのか、ということについてである。

車、雑誌、ファッションはもとより、会社、店、団地の名までことごとくカタカナだ。名詞どころかこのごろは形容詞、動詞まで外国語を使う。それも英語、フランス語、ドイツ語、イタリア語、はては原語もわからないカタカナ語の氾濫（はんらん）だ。

外国語のみならず日本語まで動植物の名はぜんぶカタカナになったが、「シロバナナゴイミツバツツジ」「イズノシマダテンジソー」とか、「ロウライクロアカコウモリ」「カンサイオカモノアラガイ」なんて書かれても、動物か植物かさえわからない。おまけに韓国人の名は韓国人の発音通りに言えという要求に従うことになったが、そのカタカナの名をきくか読むかして、それがだれのことをいっているのか判別できる日本人はほとんどあるまい。

はては日本の政府や公共機関の命名するものまでカタカナ語のものがふえてきた。正気の沙汰（さた）とは思えない。

この風潮はどこからきたか。私は新聞雑誌からフリガナをとったことにあると思う。あれで若い人たちは漢字が読めなくなり、読めないものには抵抗をおぼえ、次第に排除するようになったのは当然である。
漢字からフリガナをとった人々は、こんな事態まで予測していたかどうか。

別れる理由

おびただしい人間が一列横隊になって、地の果てまでならんでいる。その前を、閲兵するように一人の巨漢が帳面を持って歩きながら、次から次へと相手をにらみつけ、指さし、「こら、お前は×千万円だ！」「やい、お前は×百万円だ！」と怒鳴りつける。怒鳴りつけられた人間はふるえながら、それぞれ両手にのせた札束をさし出す。大男はそれをポケットにねじこみながら、閲兵をつづける。ときどき何人目かの相手に「おう、お前さんにはこれをやろう」と、その札束の何枚かをぬいて渡す。しかし彼のポケットには札があふれて地面に落ちる。実は彼のうしろには何人かの部下がくっついていて、それがあふれた札をザルにいれて、いそいでてんびん棒でかつぎ去ってゆく。しかし、巨漢自身のポケットはふくらむ一方である。……

「税金」の問題を考えると、私にはこんなダンテの地獄篇にも似た光景が、一種の滑稽感をともなって頭に浮かぶ。

ところで、閲兵し、徴収する大男は一人ではない。次にもう一人、それより背は低いがやはりこわい顔をした男が、同様に徴収にやって来る。

前者は国税男で、後者は地方税男だ。

徴収されるほうは、一難去ってまた一難だが、徴収するほうも二重の手間である。なぜこんなムダなことをするのだろう、と私は首をひねっていた。いっぺんにやって、あとで自分たちで国税分、地方税分と山賊の山分けをすれば、人員も事務もそれだけ節約できるではないか、と、ふしぎであった。

一方、NHKの受信料というものがある。

私は、NHKのチャンネルをもう二つくらいふやしてもいいと考えているくらいの人間だから、この受信料を強制的に払わされるのにもべつに不平はないけれど、ちょうど税金に節税ないし脱税に敢闘する人間がおびただしく存在するごとく、この受信料にも不払いで抵抗する人間が少なくないと聞く。

少なくないどころではない。風聞によれば、それは驚くべき人数に達すると聞く。NHKがそれを発表しないのは、それだけ不払いの人間がいるなら、まじめに払うのが馬鹿らしいと考えるやからが続出するのを怖れるからだと聞く。

そこで私は、このことにも首をひねった。NHKは公共放送なのだから、はじめから受信料を国税につけ加え、あとそのぶん国から配分してもらえば、そんな不払い者の出る余地はなくなるじゃないか、と。

それがそのうち、ああそうか、と思いあたって破顔した。

いったん第一次徴収機関を通すと、二次機関にお下げ渡しになるのに、いろいろと面倒なことになるのである。はじめから規則できめてあっても、最初に金をつかんだやつが、ふしぎにそっくり返って横ぐるまを押し出すのである。

その害たるや、数百万？　の受信料不払い者に目をつぶっても、なおおつりが来るほどだ、と見たからに相違ない。

おそらく、地方税の場合もおなじことだろう。この単純無比の原理がこんなところにも発現しているのだ、と考えると笑わざるを得ない。

そういえば徳川期の、士農工商も、その強弱が途中から、経済的にはほぼ逆になった。

それにしても、役人が役人を信用しないとは可笑しいが、しかし、役人、役人を知るというべきか。

脱税防止法

　わが床屋政談というよりも、床屋怪談といった方がいいかも知れないが、まあ、一席、きいていただきたい。

　この春ごろ、しばらく休筆することにしたら、どうして暮しを立てるんですかと親切に心配してくれた人があった。

「いや、その点はね」

と、それに対して私はいった。

「例えばここに年収一億円の人があるとする。するとその人は、脱税の手段を持っている人は別としてそうでない限り、累進課税によって七千五百万円くらい税金をとられるだろう。従って残るのは二千五百万円くらいしかないということになる」

　一億円といったって、むろん私にはまるで縁のない話だから、これはわかり易くするためのものの例えである。ただ、理窟（りくつ）からいうとそうなるはずだ。

「ところで二千五百万円年収のある人だと、税金は一千万円以下ですむだろう。すると残るのは一千五百万円以上で、実際は四倍の年収のある人とたいしてちがわないことになる」

「へへえ、累進課税って、そんなにひどいものですか」

「あれは一種の労働懲罰金とでもいうべきだな。さて、困るのは、事がそれだけですまないことだ。一億円収入があって、七千五百万円の税金を払えといわれても、実際はそんな金の残っているはずがない。なぜなら、それだけ収入があればたいていの人間はうれしくなってパッパッと五千万円くらいつかっちゃうということ以外に、そんな人はその前年にもそれと大差ない収入のあることが多いから七千五百万円くらいは前年度の税金として払っていることが多いからだ。従って、新しい一億円に対して七千五百万円税金を払おうとすれば、また翌年イヤでも一億円稼がなくてはならんことになる」

「ふーむ。そうなると——税金を払うための奴隷ですな」

「最初から順々に、収入のうちから税金を払うというように秩序整然とやってゆけばそんなことになるはずはないわけで、税務署の方の言い分はそうにちがいないけれど、実際にそんな鉄血の意志を持った人はまずいない。大部分つかっちゃって、あわててその税金を払うために翌年働くというようになるのが常だ。誰でも、こういう結果になる。悲惨な、しかし、常人ならだれでもやるボタンのかけちがいだがね」

「なるほど、一億円だの七千五百万円だのはともかく、考えてみると、こっちだってそのあたりのやりくりは同じですな」

「これが例えば流行作家などになると、いっそう悲喜劇的だな。反権力、レジスタンス、アウトローなどをふりかざして大いに書きまくり、その結果収入の大部分を権力側に捧げているんだから。――実際に、アウトロー、レジスタンス、反権力に徹するなら、何も書かず、従って全然税金を払わないようにした方が、権力側にとって百千のレジスタンス小説より具体的には痛いことになるのだが」

かくして私は休筆した――というわけではない。べつに私はレジスタンスを人生の至上命令としているわけではなく、また流行作家でもないけれど、或る程度休んでいた方が万事ラクだということは事実であった。

それはともかく、税金の話はさらに進展する。

大脱税者が出ると新聞は大いに指弾するけれど、実をいうと、税金を払いたくて払いたくて地団駄踏んでいるという人間はまずなかろう。だれだって、出来るならなるべく税金は払いたくないと考えているにちがいない。それはなぜかというと、汗を流して得た収入の一部を持ってゆかれるという痛みとは別に、その持ってゆかれた金が、どこでどう使われるのか、まったく手応えの実感がないという虚しい心情もある。この心情は諒とすべきである。

税金の行方を監視せよ、といわれたって具体的にはどう監視したらいいのか、監視してどうなるのか、見当もつかない。

だいいち、金を出しているのに手応えがないということは、非常に儚い感じがするものである。江戸川乱歩先生は大変気前のいい人で「江戸川乱費」と称されたほどであったが、やっても自分には無意味な、例えばタクシーの運転手へのチップなど決して与えられない人であった。税金をつかう政治家や官吏は、さぞ手応えがあるだろう。それどころか、彼らの中には具体的な手応え――リベートとかワイロとかを求める者が多いのは世の人々すべて知る通りだが、それがなくったって、税金を使って何かをやるという手応えがあるはずだ。

われわれが求めるのは、ただこの精神的な手応えだけである。自分の払った税金の手応えの実感を味わいたいのである。

「そこで」

と、私は提案する。

「まったく実現不可能なことをいったって無駄だから、やれば出来る、それだけにささやかな望みだが、せめて自分の払う税金の一割だけを自由に使わせてもらいたい」

「自由に、というと？」

「払わないというのじゃない。払うことは払うんだ。ただ——いま大臣や省や庁の数がいくつあるか知らないけれど、とにかくあれで国の政治の全部をおさえるしくみになってるのだろう。そのポストを納税者各自が選んで、自分の払う税金の一割をそこへ支払う。おれは文部省とか、おれは防衛庁とか、おれは環境庁とか。——七千五百万円税金を払う人も、七百五十万円はどこへ、とその行方を自分で指定することが出来たら幾分かは満足だろう」

「なるほど。——しかし、そういうことになると、大蔵省なんてところに払い込むやつがあるかな？」

「だから、そういう操作は政府の方で、あと九割の税金の中からうまくやればいいいんだ。その結果、事実上は今までと大して変りのない配分になるだろうが、それでもいいんだ。自分の税金の手応えを自分で確認出来、かつ他人よりも沢山それが味わえるという優越感で、税金を払うのに大いに張り切るやつが出て来る可能性がある。少くとも脱税は、これでだいぶへるに違いない」

「いや、そういうことになるかも知れませんな」

「もう一つ、これをやると、政府の方で民意の確認が出来る。今じゃ各省の役人が自分の縄張り根性からてんでに予算を要求しているわけだが、国民がほんとうに何を望んでいるのか、それを知るのにこれほど確かな法はない。ふつうの選挙なんかじゃだめだ。投票の大部分は、いいかげんな、気まぐれな、あいまいな動機によるものが多いし、かりにはっきりと佐藤さんはきらいだが政治はともかく自民党にまかせるよりほかはないと信じて自民党の代議士に投票する人があっても、その結果また佐藤さんが総理大臣になるなんて、とにかくどこかくいちがって来るところがある。これならはっきりと民意がわかる。何しろ自分が汗を流して稼いだ金を払うんだから大まじめだよ」

そのためには税務署に、大臣の数だけの投票箱ならぬ投税箱を備える必要があるが、それくらいの手数は、右のごとき納税意欲増進、民意掌握の大利にくらべたら、何でもないことだろう。

どうです、政治家諸君。それとも税金を自由にする特権が一割だけでも制限されるのが面白くないか。要するに政治家というものは、国民から強引に税金をとりあげてポケットにねじこみ、その中から適宜自分のやりたい方面へつかみ出してやる、という職業らしいから、そのポケットにねじこむ金に少しでも意のままにならない分があると気にくわないか。

累進課税礼讃論

前回に累進課税の猛烈さについて書いたが、それを私が非難がましく述べたとされては困る。私は累進課税推進論者なのである。

それどころか、この累進課税をもって日本を天国と化することができるとさえ考えている。

そもそも日本の悲劇は、実に日本人の働き過ぎることにある。

いったい、どうしてこんな困った癖が民族性となったものだろう？　それは貧乏のせいだという人もあるかも知れないが、日本より貧乏で、もっとノンビリと、しかももっと文化的に暮している国は無数にある。これらの国々のみならず、今や全世界が、日本を、みんな悠々とスポーツをやったり音楽をきいたりトランプをしたりしているのに、一人あごを突っ張らして机にかじりついている、いわゆるガリ勉型、勤勉型の学生を見るような、嫌悪と侮蔑と恐怖の眼で見ていることは、日本人自身知っていることではないか。実際、こういうのが一人いると、はたが迷惑する。まわりすべてが暗くなる。

それじゃあ日本人同士ならいいのかというと、こういう連中のためにおたがいが困っていることも、みなイヤというほど身にしみている。みんなキチガイみたいに働くから、オチオチひとり遊んでいられない気持にかりたてられているのである。

それでも、レジャーの方もどこも満員で盛況ではないかという人があるかも知れないが、そっちもみなほんとうに愉しんでいるとは思えない。そういうところで愉しむためには、みんなを愉しい気持にさせる配慮が必要なのだが、そんなデリカシーなどあらばこそ、行列には割込むし、酔っぱらって傍若無人(ぼうじゃくぶじん)な歌声をはりあげるし、瓶や紙屑(かみくず)は放り散らす、ただ自分だけ愉しめばひとのことなんかどうでもいいという——遊ぶ方でも殺気横溢(おういつ)、血相変えて死物狂いといった形相である。

果然、日本人の働き過ぎは、貧乏のせいではない。GNPが世界の二位とか、三位とかになり、腹の裂けるほどドルをためこんでも、まだ髪ふり乱して働いている。その原因は、ただ旺盛な競争心にある。猛烈なライヴァル意識にある。対外国という点もさることながら、それよりも日本人同士の。

日本人独特のさまざまな性格は、煎(せん)じつめると結局日本人が同一民族の集団だということから発していることが多いが、おそらくこの異常な競争心も、おたがいがみんな似たり寄ったりだから、かえってそういうことになるのだろう。消極的な方は取り残される恐怖から、積極的な方は自分の特異性を発揮したい欲望から。——とにかく、原因がこれでは、どんなに働いても、もういいということにはならない。

　これだけ働いて、しかも世界から嫌われる。いや、その働くことが嫌悪のまととなる、というのは悲劇的である。日本ほどの歴史、人口、国力を持っていたら、たとえばイギリスにしてもアメリカにしてもフランスにしても、あるいは中国、インドにしても、その全民族が忽然と消滅したら、どこかにそれを悼む国や人々があるはずだが、日本に限って、その列島一瞬にして海中に沈み去ったとしても、それを悲しむ国など一つもありそうにない。世界じゅうがヤレヤレと胸撫で下ろすだろう、と思われるほどである。しかも日本人同士がおたがいの働き過ぎに苦しがっているのだから、いよいよもって馬鹿げている。

　この悪癖はもうほんとうにやめなくてはいけない。何とかこのはた迷惑な民族性は矯正しなくてはならない。

　しかしなみたいていな手段で、この民族性にまでしみこんでしまった悪癖がやむはずがない。

そこでこの累進課税という法を用いるのである。これをさらに推進させるのである。つまり月給百万円の人間も、十万円の人間も、手取りはほとんど大差ないまでにしてしまうのである。もはや累進課税などもったいぶった名目も廃し、はっきりと労働懲罰令と称すべきである。

その悪癖の権化、ガリ勉型人間の代表者たる大蔵省の役人たちもようやく反省するところがあったらしく、現在の課税法もその徴候が見られるのは日本のために慶賀すべきであるが、しかしまだ努力が足りない。まだまだ手ぬる過ぎるところがある。日本を天国と化し世界のアイドルとするにはこの策よりほかはないと、なおいっそう奮発して労働懲罰方針を強化せられんことを望むや切なるものがある。

ついでながら、国民のみなさんにも、みなさんを或る地獄から救う妙策を披露し、その御賛同を得たい。

いま、日本人が働きに働くのは先天的ともいえる民族性だといったけれど、やはり幾分かは現実にさし迫った必要性もあることは事実である。

それは家を建てる土地の問題である。

何とかして自分たちの住む土地を得たい。——この同情すべき一念から、みなあくせくと働き、得た金を貯金し、やがては土地購入にあてようとする。

その悲願は重々わかるけれど、それが現実に可能であるか。可能性の甚だ乏しいことはみなさん身に徹して御存知の通りである。

なぜそれは不可能なのか。いうまでもなくその貯金が目標額に達したとき、土地はさらにはるか手のとどかない値上りを示しているからである。

なぜ土地はかくも非常識に値上りするか。それは金に糸目をつけず買うやつがあるからである。つまり、庶民ではない、大資本、大企業がそれを片っぱしから買ってゆくからである。大資本、大企業はその金をどこから得るか。その少なからぬ部分を銀行から借り出すからである。つまり庶民の貯金はそっちへ回っているのである。

すなわち庶民は、自分の土地を買うつもりの貯金を大資本に回し、その結果自分の土地が買えないという愚行を犯しているのである。この愚行にまさる愚行は――無理にいえば自分の首を埋める穴を自分で掘っているにひとしいといえばいえるが――ちょっとほかに譬(たと)えも浮かばないほど、筆舌につくし難い。

これを防ぐ法は一つしかない。

それは貯金をやめることである。

全国民――少なくとも一般庶民がいっせいに貯金をひき下ろす。そして、一年とはいわない、半年だけでも、その間のささやかな、ママゴトのような利子をあきらめてタンスにしまっておく。その結果——大変なことになる、と国家や大資本はいうだろう。

どういうことになるか、実は私にも見当がつかないが、とにかく政府や大資本は、今までのような庶民を馬鹿扱いにしたからくりをあわててやめることになるだけは確かである。貯金をしないからといって処罰することはできない。

だれか、この運動を起す人はないか。——野党の政府への揚げ足取りや労働者のデモや学生のゲバ棒騒ぎより、はるかに根本的な猛省を体制側に促し、実質的な打撃を与えることになると思うのだが、どうです。

かくて、払わず、働かず——ただ、ダラリと寝ころがっているに限る。これこそ日本を天国化し、日本の庶民を土地地獄から救う妙案である。これを国民のスローガンとせよ。

無為に理あり

よくアンケートの質問状をもらうけれど、返答に苦しむことがある。

その一つに、ベストテン選び。「日本の風景」とか、「日本の宿」とか、「郷土料理」とか、無数にあるが、たとえば「日本（あるいは世界）推理小説ベストテン」「日本（あるいは世界）映画のベストテン」など。

それを選べといわれても、日本や世界の推理小説や映画をすべて読んだり見たりしているわけではない。それどころか私など、評判は聞いているけれど未見のものが大半なのだから、ベストといわれても返答に窮する。

むろんアンケートを出したほうは、「あなたの知っているもののうち」でいいから、というつもりだろう。それはわかっているので、なんとか返事してあげようと、大まじめに考えだすと、ハガキ一枚の返事にけっこう半日一日を費やしたりする。そして結局、いくらなんでも自分の知識じゃ答えるのがいいかげんすぎる。と、あきらめてハガキを屑籠にほうりこむことになる。

また「私の好きな歴史上の人物」およびそれに類するアンケートも何度かお目にかかったが、好き嫌いなんて、現に生きている人物に対してこそ起こる感情で、歴史上の人物になってしまっては好きも嫌いもない。同時代に生きていたらさぞイヤなやつだったろうと思われる人物が、死んでしまえばむしろ面白い人物に思われるのだから、簡単に、好き、嫌い、と分けるわけにはゆかない。そこでこれまた屑籠へ、というわけである。

アンケートを出したほうは、返事をよこさない人間もソートーに悩んでいる場合もあることを推量してもらいたい。

これに似ているのは、選挙の棄権だ。

棄権のよくない理由についてはいろいろ聞かされるけれど、あれにもあれなりの理由がある。先天的に選挙などという行事に無関心な人間もあるだろうが、大部分はそれぞれ理由があって棄権するのではあるまいか。私はあれも一種の意志表示だと思う。

その「意志」を考えてみると、大体二つあると思う。一つは、候補者の中に自分の代弁者はいない、という意志であり、もう一つは、わざわざ投票所にゆくだけの魅力がない、ということである。前者はどうしようもないが、後者にはあえて投票所にゆかせる方法がある。

それはよくいわれる拒否票である。この場合は、自分の選挙区だけではなく、すべての立候補者を対象とし、あいつだけは政治家として出てもらいたくないという立候補者に拒否票を投ずるのである。これなら投票にゆく人がふえるだろう。

ただこの拒否票には、致命的な難点がある。それは政治家といっても、だれでも頭に浮かんでくるのは代議士の一割未満で、よかれあしかれ、これが「有能者」なのだが、拒否票はそれらの政治家に集まるに相違ないからである。そこでこの拒否票は実効なく、ただ参考票にとどめる。

それでもこれは国民の意志の表現として、何らかの制約として働くにちがいない。少なくとも汚職で醜名をさらしつつなお当選したやつが、しゃあしゃあとして、「選挙の洗礼」を受けた、などと高言することはなくなるだろう。

とはいうものの、こんなことが実現するわけはないから、そこで棄権という無為に終わることになる。

それから税金の問題だが、いまの非常識な累進課税では、いくら働いてもムダだということになる。将来高齢者が激増するから老齢年金がたいへんだというけれど、いまのような重税を持ってゆかなければ、何もお国から年金などもらわなくてすむ人々が大半ではないのか、とにかく、働かないことが——無為でいることが、最上の税金対策となる。どうしてみんなこのことに気がつかないのか。

また日本は、ここ二、三年、みんな働くのをやめ、輸出も一切やめ、必要なものはいままでにためた外貨で輸入する。とにかく挙国無為で暮らせば、全世界も日本自身も、何もかもうまくゆくような気がする。

無為こそ万能の魔法なり。

奸の日本人

正確なところは忘れたが、韓国で日本人の悪口がはじまると、その枕言葉に「カンニャー」という言葉がつくそうだ。女高生同士の会話でさえ、「カンニャー日本人」がリフレインのごとくはいるという。

漢字で書くと「奸邪」となる。

東南アジアでも、日本人への非難中に必ず狡猾(こうかつ)という指摘があるし、幕末以来、日本人と折衝した西洋人の記録にも、たいていこれに類する表現がある。

いや、よそからの批判だけではない。いつかＮＨＫの番組で日本の国民性についてのテストをやったとき、その中の一つ、

「日本人とアメリカ人と、どちらが狡猾だと思いますか?」

という問いに、ゲストのサラリーマンのほとんど百パーセント近くが、「日本人」という答を出したのを見たおぼえがある。日本人自身、狡猾という点で自認している

のだから世話はない。

奸邪狡猾。

しかし、まさか日本人みずからこの言葉にふさわしい大悪党だと思っているわけではないだろう。

この形容にあたる日本人の行動にはいろいろの現象があるだろうが、その最大なものは、「平気で契約違反をやる」また「約束そのものがアンフェアである」ということではないかと思う。約束そのものがアンフェアだとは、あいまいな言葉で約束してあとでごまかす、という議会における答弁術がそのいい例で、これを外へも適用しようとするから「カンニャー」ということになる。

この特性は、「平気で嘘をつく」「嘘に寛容である」という現象にもつながる。

その好例が、政治家のいわゆる「公約」である。出来もしない、いいことずくめのことを選挙の車の上でわめきたて、選挙がすむと、「そんなことをいいましたかな？」と、しゃあしゃあとしているのが常態となっている。

むろん政治は、やろうとしてもやれないということはある。しかし彼らの公約はそうではない。最初から自分でもやる気のないことを、平気で公約するのである。だから国民のほうも、「何いってやがる」と、たんなる騒々しい音波として聞いているだけだ。あとになって立腹するということもない。

西洋人はこの点についてははるかにきびしい。実をいうと彼らもまた奸であり狡である。ある意味では日本人以上に悪賢いのである。しかし日本人にくらべてそういう印象を与えることの少ないのは、全体として契約の観念が身についているからである。

外国へ行って一部屋借りようとすると、その契約書類が枕になるほどの厚さのもので、日本人はたまげるという。「離婚」が大ごとになるのも、やはり契約違反という観念が根底にあるからだろうと思う。大きなところでいえば、「聖書」とは正確にいうと「神と人との約束の書」なのである。

この点、日本人は昔から「約束」「契約」という観念が稀薄であった。むしろこれをあまりふりかざすと、かえって変な眼で見られる傾向さえあった。

実をいうと、私はこんなことをエラそうに書いているけれど、何日という〆切だからさあ書け、〆切までに書かないと違反金をとるゾ、などやられるとたちまち悲鳴をあげる。実際にそのあたりはウヤムヤにしてもらって来たし、これからもその調子でやってもらいたいという甘い考えから抜け切れないのである。

こういう日本人の特性はどこから発生したか、と考えてみると——他のあらゆる日本人の特性とひとしく、「個」の観念が稀薄である、ということにつながり、つきつめると、それは日本人が同一民族から成り立っているということに帰着する。

従って、この「契約」にきびしくない、という特性を改めることは非常に難しい。

このごろあちこちで、原子力関係、公害関係の施設に反対運動が起きているが、その理由の是非は別として、いったん誘致に賛成しておきながら、あとになってひっくり返して、この点に契約違反の観念が極めて乏しいのもその現われだ。

こういう具合に、日本人同士なら甘いままで通るということが、いっそうその矯正を難しくする。

しかし、これから先、外国とのつき合い上からでも、何とかして矯正しなければどうにもすまなくなるだろう。とにかく「奸邪日本人」という印象が決定的なものとなっては、どうにもならない。

「舶来上等」意識の消滅

あれは昭和四十年のことでした。私はその年はじめてヨーロッパに旅行したのですが、羽田に帰って来ると、あちらのお土産を両手にぶらさげてゾロゾロ歩いている帰国者のむれをにらみつけながら、税関の若い役人がにくにくしげにつぶやきました。

「何買って来るんだ。もうヨーロッパに学ぶものなんかありゃしないんだ!」

へへー、日本人もこんなせりふを吐くようになったか、と、終戦以来の劣等感をまだ持ちつづけていた私は、一種の衝撃を受けました。思えば、あの前後から日本人は自信をとり戻しかけていたのでしょう。

それこそ一物もない極貧国から、いわゆる発展途上国に盛大に金をばらまく身分と相なっては、日本人が鼻高々となるのは人情の自然です。私がこのごろ、これも一種の衝撃を感じているのは、「舶来上等」という言葉と意識が、いつのまにか日本人の間から消滅していることで、言葉は明治以来のものでしょうが、その意識は遠く遣唐使、それどころか卑弥呼時代から存在したにちがいなく、それが消滅したのはそれこそ神武以来の事件でしょう。

この日本人が新しく獲得した優越感は、当然日本回帰の現象とつながるわけですが、私も日本古来の文化——たとえば古典とか連句とかカブキとか料理など思い浮かべて、極力客観的に考えても、好ききらいは別として、これはなかなかいいセンをいってるじゃないか、少なくとも二流三流の民族から出てくる文化ではない、と感じることがあります。

私は天皇制も日本人にとってプラスの面が多いと思います。ものの値打ちは、もしそれがなかったら、と想像することで判断できる場合がありますが、ただこれも、持ちあげ過ぎるとマイナスに転じます。宮内庁の役人などの暗黙の強制によるモッタイブリの程度が、安全と危険の一つの目安になるでしょう。

このごろいよいよ盛大になった日本の祭りその他の行事も、「祭天の古俗」の風習としての範囲内なら結構なものと思っています。むしろ保存に努めるべきでしょう。

しかし、これも程度問題で、度が過ぎて戦前のような全国民ノリトを唱える古怪な行者集団みたいになってはおしまいです。

そもそも日本の復活そのものの原動力は、何よりもまず、すぐれたものにケンキョに学ぶ、という日本人の柔軟性でした。これは意外に特殊な国民性らしく、先進国後進国ふくめて、それぞれガンコな「中華」思想を持っていて、それが自分たちを縛っている縄であることに気づかないか、気づいていてもどうしようもないようです。

日本人はこの特性を失ってはいけません。

その目で見ると、外国に及ばないことはまだまだいっぱいあります。げんに都市の景観を見るがよろしい。何がヨーロッパに学ぶべきものなし、ですか。

まあ、車、電気製品、衣料、雑誌、ことごとくカタカナという世界に稀な珍現象を呈しているありさまでは、この点まだ大丈夫と思っていますが――これは「祭天の新俗」か。

斬首復活論・切腹革命論

いろいろ考えた結果、死刑を認めている以上、斬首刑を復活したらどうかと思う。——といってみたってどうせ採用なんかしないだろうから、こっちも熱心にこの問題について考案する気もないので、以下述べる論旨に少々あいまいなところもあるけれど、まあ、私の思いつきにも一理あることを汲んでいただきたい。

そんな、残酷な——と顔をしかめる人が多いだろうが、どうせ人を殺す点では絞首刑も同じことである。そんな非文明的な——と肩をすくめる人があるかも知れないが、文化人あこがれの文化国の見本、エレガントなフランスは現在でもギロチンで斬首しているのである。

極悪に対しての極刑が死刑だが、極悪といってもずいぶん差がある。人を一人殺しても、十人殺しても、三十人殺しても同じ絞首刑とはかえって不合理ではないか。また政治的信念による権力者に対する叛逆罪も、自分より弱い女性とか幼児とかを虐殺したいやしい殺人者も、全然同じ刑罰をもって遇するとは、前者に対して礼を失してはいないか。

死刑反対論者の理由の一つに、万一無実であった場合とりかえしがつかないということがあるが、しかしだれが見ても明々白々、無実ではあり得ない場合があり、それに限るとする。例えば大久保清事件のごときだが、あれも自分の手による複数の犠牲者を次々に白状するのに、途中、警察を悩ますのを愉しんでいた風情があった。あんな場合、素直に白状すれば絞首刑にしてやるが、手数をかければ斬首刑だゾというように決めてあればまずたいていは前者を選ぶだろう。斬首刑をそういう具合に役立ててもいいと思う。

ただし、ほんとうをいうと、斬首刑の方がこわい感じがするのは生きている間の感覚的恐怖であって、実行の瞬間になると、むしろ絞首刑より苦痛が少ないのではないかと思われる。だから文明国フランスはギロチンを使用しているのである。

一般的にいえば、その死にざまが外見酸鼻なものほど本人の苦痛は少ない。飛行機や自動車の事故など然り(しか)で——ただし即死の場合に限るが——一番苦しいのは、病院で病気で死ぬことである。たいていの人がその運命を辿る(たど)から力説する甲斐がないので、みな当り前のように思っているけれど、実はあれこそいかなる拷問にもまさる、一寸だめし、五分だめしの大拷問なのである。

こういうことを考えると、斬首刑も一種の慈悲となるという逆効果になるのだが。

その意味で、もう一つ切腹刑を作ってもいいと思う。

ただし、名誉あるサムライの伝統として復活するのではない。逆に、その伝説をひっくりかえすために復活するのである。

こんな伝統は昭和二十年八月以来消滅したかと思っていたら、なかなかどうして存外しぶとく生きながらえていて、例の市ケ谷台上、一作家の壮絶な実演となった。この分ではまだなかなかこの風習は日本の地上から絶滅しないだろう。

これを壮絶と形容するのは、なお伝統にとらわれている観念からで、実際は、その苦痛たるや絞首刑斬首刑の比ではない。腹なんか切っても人間は容易に死ねるものではない。この伝統の淵源は、魂はハラにあると信じていた時代の医学的無知にある。こういう科学的誤解から発した酸鼻な死の儀式がいつまでも伝えられて、日本の男が名誉ある自決をとげなければならないときはハラキリをしなければ恰好がつかないということになっては、これまた量刑不当といわなければならない。不合理な伝統はなるべくその糸を絶った方がいい。

だから、私のいう切腹刑は極悪人の最重罪として行わせ、サムライのハラキリを永遠に払拭するためである。

ついでにいうと、世に大犯罪者が出たとき、その家族に世人の指弾がそそがれるのは、それが不当であり、かつその犯罪者の犯罪に劣らない残忍な行為であることは識者の指摘する通りである。いったい一人の犯罪者が生まれ出るとき、それを防ぐ自信のある家庭がそうざらにあるだろうか。

しかし、あれはあれなりに——日本独特の、まだ失われない家族制度精神にもとづく原因以外の——理由もあるのである。

というのは、悪に対しての怒りは、たとえ軽薄なものであっても、人間心理の自然である。それはまず犯罪者自身に向けられる。ところがその犯罪者はいったん逮捕されると、世人の手のとどかない壁の中へいってしまう。

これが昔だと、刑の執行を待たずに大半は獄死してしまうほどの目にあわされたのだが、人権を尊重しなければならない現代では、存外、中で合法的あるいは非合法的にさまざまな要求を出し、かつこれが叶えられるという例を、世人はしばしば聞く。私などでも、このまま浮世の荒波の中でもがいて一生を終るより、ひょっとするとこの際牢屋にでも入れてもらうと、病気はむろん栄養運動睡眠などに気をつけてくれて、その方がかえって長生きするのじゃないかと思うことさえある。

犯罪者が、「おれは爬虫類以下の極悪人だ。どうせ極刑は覚悟しているのだから、そのつもりで取扱え」などとそらうそぶいても、民衆はそれをどうすることも出来ないのである。「悪人」は国家によってかえって保護されているようにさえ見えることがあるのである。

かくて世人の憎悪のしぶきは、世の中にとり残されて、壁もなければ保護もないその家族へ、物理的な川を作ってそそがれるということになる。犯人の人権を護る現実は、その家族の人権を奪う現実に変化する。

しかし、犯罪者の多くは家庭的に不幸であり、家族を憎悪しているのが常だから、家族を苦しめることはかえって犯人の思うツボにはまることになる。やはり家族を責めてはいけない。

そこで、結局は「斬首刑」だ、という期待は人々の心をなだめ、その家族を憎悪することを少しは減ずることになるだろう。――どうですか。

それはともかく斬首刑復活後、その初代の執行人は山田風右衛門相勤めるでござろう――といわなければ、復活論を出した責任が果たせないが、実はこの春ちょっと荒っぽくゴルフの練習をやったらたちまちギックリ腰になってしまった始末でしてね、これは釈放後の楯の会の諸士にでも相談することにしたい。

もう一つ晒し刑というものを提唱したい。これこそは意志次第では実現可能なことで、かつ見ようによっては焦眉の急といってもいい事柄である。

日本人の公共設備における無軌道、無神経——たとえば、公園でゴミは散らかし放題にする、高速道路のミラーを叩きこわす、山の標識を抜く、鳥に石を投げ、花をむしりとる、などの——行為は、もうなみたいていの治療では癒らない。

国民性の短所といわれていることも、一面では同時に長所であることが多いのだが、この悪癖ばかりはどう考えても救いようのない困った悪癖で、私は神州不潔の民と呼んでいるくらいである。

この恥ずべき業病を癒すには、もう手術しか法はない。すなわち、このような行為を発見次第、その場所に晒し台を作って、数日間、首に鎖をつけて晒し刑に処することを提唱するゆえんである。三十年もやれば、この不潔病は矯正されるだろうと思う。

禁煙ファシズム

大敗戦で大驚愕（きょうがく）して以来、もう何事が起っても驚かない習性を植えつけられた自分だが、近ごろになってそれでも驚倒することが続出するようになった。この日本にはあり得ない、現代には起り得ないと思っていた事態や現象が、次から次へと現実のものとなるのを見てである。

この狭い山だらけの国に、無限に車が走りまわったり、町にはろくな広場もないのに、いたるところゴルフ場が何百と出現したり、民間の宅配便が郵便局を圧倒したり、ふつうのサラリーマンが一生に一坪も買えない単位の土地の買い手があったり――。

これらは物理的（？）事態だが、一方ではまた世の風潮としても、いままで善ないし当然事として認められていたことが、一夜にして悪となり、不当然事となる現象が続出するのに、あっけにとられないわけにはゆかない。たとえば、勤労、貯蓄、愛国心など――。

その一つが、例の捕鯨問題だ。

これを非難するのは主としてアメリカ、イギリスなどのアングロサクソンだが、鯨は古来からの日本の食味文化の一つであった。ただ鯨肉のみならず、皮から骨まであますところなく利用する。捕鯨を残酷というが、そんなことをいえばあらゆる動物を殺して食うことが残酷ではないか、むしろ昔から獣肉を食うことを忌んだ日本人にくらべ、肉を常食としたのは白人であり、そもそもペルリが日本に開国を迫ったのは捕鯨の基地を求める目的のせいではなかったか。鯨を捕る場所は公海で、しかも資源を減らさないように科学的に制限して捕るといっているのがわからないか、といっても受けつけない。

アングロサクソンの言い分は、あんな知能指数の高い愛すべき動物を、銛で殺して食う日本人の野蛮性は憎むべきものである、これはわれわれだけの論理ではない、全世界の認める論理だ、というのだが、ホンネを吐かせると、およそ地球上に生存する生物で、第一のランクがアングロサクソン、第二は犬と馬で、第三はラテン、ゲルマンで、第四が鯨で、日本人はそれより下位だ、とにかく、昔は昔、今は今、今とにかくわれわれがイカンといったらイカンのだ！　といいたいところだろう。

そのあげく、ロンドンでこの問題について討議するために出席した日本代表に、頭から赤ペンキをひっかける始末である。日本でそんなことをやったらただですむはずがないが、この「知能指数」の高い下手人が相応の罰を受けたという話は聞かない。

それまで大っぴらに認められ、ふつうの風習として通って来たことが、突如許すべからざる悪として指弾されはじめたこと、喫煙問題がこれとそっくりである。


はじめ喫煙の害が云々されはじめたとき、タバコのみはあっけにとられ、タバコが身体によくないことはわかっている、それを承知でのんでいるのだ、これは趣味嗜好の問題だ、個人の趣味嗜好を、はたから文句いわんでくれ、だいいちダンヒルのイギリスをはじめ、ヨーロッパ諸国にもパイプの芸術品が生み出され、シャーロック・ホームズだってパイプをくわえているではないか……と一笑していたが、やがてみるみるテキの攻撃ぶりがただごとでないことを知るに至る。

実は私も大タバコのみだが、ずっと以前から、「酒は五害あって五利あり、タバコは九害あって一利あり」という持論の持主であった。

一利というのは、本人のストレスの解消である。私なんかストレスの解消にとどまるが、しかしひろく歴史上の天才巨匠の話になると、もしタバコがなかったら生まれなかった大思想や大芸術が存在するはずである。

漱石はタバコのけむりを「哲学の煙」と形容した。ゴッホの自画像もパイプをくわえている。近くは梅原龍三郎は九十八歳で死ぬまで恐ろしいヘビースモーカーであった。一利の効用は意外に大きい、と信じている。

これに対し、禁煙派のふりかざすのは、タバコはみずからに害があるのみならず、他人にも有害である、という論告だ。

タバコのニコチンは、肺のみならず、胃にも心臓にも肝臓にも悪い。発ガン物質の最大の巨魁(きょかい)である。特に許せないのは、いわゆる紫煙と呼ばれて来た副流煙というやつは、本人ののむ本来のけむりよりさらに悪質のけむりだが、それを受動的に吸わされる第三者がそのいけにえにされることで、タバコのみの夫を持つ妻は、そうでない妻にくらべて、はるかに肺ガンになる確率が高いことは統計上明白である。——これは必殺(?)の論告だ。

禁煙運動が禁捕鯨運動と相似た感じがあって相異るのは、禁煙党の論理が、禁捕鯨党の理も非もないゴリ押しなのにくらべて、一応科学的であるという一事である。まったく筋が通っている。これには一言もない。

が、それでも首をひねることはある。そんなに自他の健康のことをいうけれど、日本はこれまでタバコをのみまくって、世界一の長寿国になったではないか。……タバコを禁じればさらに、長生きするというが、そもそもこれ以上長寿国になって将来どうするつもりか。それこそ自他ともに、さらに苦難を招くことにならないか。百万人の肺ガン患者より、三千万人のボケ老人の始末のほうがはるかに厄介である。タバコはその苦難に対する有力な予防法ではないか。

私はこれを、冗談ではなく大まじめにいうのだが、テキはますますいきり立つだろう。それから、右のような憂国の念のない、トニモカクニモ自分だけは長生きしたい人々が、それに相呼応することといよいよ急になるだろう。

現在ただいま、タバコのみたちの肩身のせまくなったこと、二、三年前とは異次元の国と化した観がある。いたるところ「禁煙」の護符が貼りつけられ、その増加はますます加速度をまし、さらに、二、三年後は、あらゆる公共施設、交通機関、さらにどこでも人間が複数で集まるところ、それどころか外界では一切喫煙禁止となるのではないか。

そうそう、世に何々運動と称するものは多いが、それらと異り、この鯨とタバコに関する運動だけに見られる共通した現象がもう一つある。

それは双方ともに「魔女狩り」の要素をふくみ、従って、鯨会議の赤ペンキ事件に象徴されるように、対象に対して憎しみの感情をむき出しにしていることだ。

そもそも「魔女狩り」が西洋のものであるように、それは日本だけの現象ではないが、魔女狩り的行動にかけては、日本人も相当雷同性の高い国民性を持っている。戦前、何かといえば「非国民」という烙印(らくいん)を貼りつけて、村八分にしようとしたのがそのいい例だ。

それを思うと、一応ゆくところまでいって、ひょっとするとタバコが阿片や大麻と同様の扱いを受ける日が来るかも知れない。

が、結局のところ、日本からタバコが完全消滅することはないだろう。たしか徳川初期、肺ガンなどとは別の理由でやはりタバコ禁止令が出て、斬首に処せられたこともあったはずだが、長つづきはしなかった。それから戦時中、何度かタバコの猛烈な値上げが繰返されるたびに、「もうのめない!」「もうやめた!」と巷(ちまた)から悲鳴の大合唱があがったが、数日たつとまたもと通り、タバコの葉っぱをただ刻んだようなタバコを、自分で紙で巻いてプカプカふかしている光景を、私は目撃したおぼえがあるからだ。ほんとうに禁煙時代が来たら、タバコのみは松葉でも吸うだろう。

自由は死すともタバコは死せず!

イヤでも学ぶべきこと

昭和十七年七月、江戸川乱歩は少壮実業家のクラブ「清話会」にひき出されて、鉄道ホテルで講演した。内容はアメリカの暗号解読能力についてで、日本軍の暗号通信は大丈夫だろうか、という心配を口にした。

すると、演壇のすぐ前に座っていた建川美次陸軍中将が——「敵中横断三百里」で有名になったこの将軍は、駐ソ大使をやめて帰国したばかりであった——すぐに立って、日本軍の暗号は絶対解読されるようなものではないから、それはご安心願いたい、と憤然と反論した。

ところが、のちに明らかになったように、アメリカ側は日本の暗号を解読していたのである。実にその一カ月前のミッドウェー海戦で、アメリカは暗号解読によって日本海軍の奇襲を事前に承知していたのである。それどころか、そもそも開戦前でもアメリカ側は、日本の外務省と出先の野村大使らの連絡内容をすべて解読していた。さらに一年後、やはり暗号解読によって山本五十六司令長官は、アメリカ空軍の待ち伏せによって戦死する羽目になる。日本ではこれを「壮絶な機上戦死」として軍神扱いにしたけれど、連合艦隊司令長官が暗号解読によって撃墜されるなど、ただの戦死以上に日本海軍の恥でなければならない。

そして、さらに嘆ずべきは、アメリカ側が日本の暗号を解読していることを毛ほども日本側に悟られないように、万全の配慮をめぐらしたことであった。

私はこの暗号解読の問題が、日本の敗戦の原因の十の中の一つだ、とさえ考えている。そしてこの点についても、日米の間では他の原因と同様、大人と子供くらいの差があった。アメリカ側が、日本軍がおたがいに交信している暗号の中のMIという略語の意味を知ろうとして、わざと「ミッドウェーには水が不足している」という情報を傍受させたら、たちまち日本軍が、「MIには水が不足している」と交信したので、MIとはミッドウェーのことかと知ったというのだから、まるで子供のマンガである。日本は、こういう国を相手にしているのだ。いや、こういう国とおつき合いしていただかなくては立ちゆかない国なのである。

さて、さきに日立と山口組がみごとにひっかけられたオトリ捜査の事件がある。暗号解読とオトリ捜査。この二つは、事情はちがうけれど、国家機関が対象をワナにかけるという点ではどこか似たところがある。

ところで、どうも日本人はこのオトリ捜査に釈然としない感性を持つ。アメリカではこの手を外国人に対してのみならず、しばしば同国人にも使うらしいが、何にせよ国民に対してこんなアンフェアな手を使うとは——と反ぱつを禁じ得ないところがある。

ご承知のようにアメリカ人は、フェア、アンフェアということにどこの国民より敏感である。日本人から見るとアメリカ人は、自分に不都合なことが起ると、すべて相手をアンフェアときめつけるのではないかと思われるふしさえある。

ついでにいうと、奇怪なのは例の真珠湾の奇襲で、あれをアメリカは卑劣なだまし打ちとしてアンフェアの極致のようにいうけれど、太平洋戦争における日本軍の罪悪についてはことごとく恐れ入る日本人が、あの一件についてはいくらアメリカにそういわれてもキョトンとしていることである。

それは一九八〇年代に突然ハワイを爆撃したら卑劣なだまし打ちになるだろうが、一九四一年のあの時点——日本は日清戦争の日本に帰れというういわゆるハル・ノートをつきつけられ、ハル国務長官自身「もうあとは陸海軍の仕事だ」といい切った時点において、いまさらだまし打ちもあるまいと、相手の怒りがいまでも納得できない顔をしている。

ところが、これほどアンフェアに鈍感な日本人が、オトリ捜査については、それこそ卑劣なだまし打ちだという印象を捨て切れないところが妙である。

どうやら日本人にもフェア、アンフェアの観念はあるのだが、アメリカ人とはそのニュアンスに相違があるらしい。

アングロサクソンはあらゆることをゲーム化してしまうふしぎな才能があり、犯罪捜査でさえ警察VS犯罪者のゲームと見て、しかもオトリ捜査はそのルールにはずれたアンフェアとは見ていないようだ。

もっとも、いくらオトリ捜査といっても、アメリカでもまったくその気のない人間を犯罪者に仕立てるようなことはしないだろう。それを適用するについては、きっと何らかのルールがあるにはちがいない。

万事ものまね好きな日本人だが、やはり東は東、西は西と痛感せざるを得ない一面もある。とくにこのごろは欧米に学ぶべきものはなし、などという馬鹿げた高慢もしばしば耳にする。

しかし、アメリカと同じルールでゲームをやらなければならない場合は、東は東、西は西といってはいられない。欧米に学ぶべきことなし、などそり返ってはいられない。

いまだって、いろいろな交渉や取引きに、おたがいの内部では暗号で打ち合わせることが少なくないと思われるが、まさかそれを解読されていることはないでしょうな。そのほうに無能力だったために、かつて日本は太平洋戦争で致命的な敗因を作った。またさきごろ、オトリ捜査に無神経だったために、日立も山口組もまんまとしてやられた。

あれは戦争あるいは犯罪という別世界の話で、やられたほうの自業自得だということもできるが、このことはふつうの外交交渉にも商取引にも通じる。これらのことも一種のゲームだと見ている国を相手にしているのである。

あらゆるゲームにはルールがあるが、このルールを逆手にとったかけひきもある。そこで日本人も、もう少しこのかけひきに対する反射神経を養成しなくては、交渉や取引きに支障をきたすのではないか。養成どころか、そのほうの神経は皆無なのだから、創造にちかい。その訓練として、日本もふだんからオトリ捜査を――やれといううと私自身嫌悪を禁じ得ないが、あるルールの範囲なら、そういうことで訓練されることも必要ではないのか。

それに日本もこのごろは、物証を残さない犯罪、不特定多数を狙った愉快犯的犯罪が続出するようになった。こういう犯罪者に対してはオトリ捜査のような方法を使わなければ捕えられないのではないか、とも考える。

とはいえ、こう書いてきて、どうもやっぱり、気が重い。

葱の話から

　終戦の年の秋か冬だったと思う。ある一家が葱(ねぎ)だけで食事しているのをかいま見たことがあった。貧しくなくても、ほんとうに食うものは何もないころで、飯もふつうの白米ではなかったと思うが、それにしてもおかずが葱だけとは——と、いささか驚いたことをおぼえている。きざんで醤油(しょうゆ)をかけただけの葱である。

　後年何かのはずみで、ふと家内にそんな回顧談をしたら、「それ案外おいしいのよ」といったけれど、実際にそんなおかずを作ったことはない。家内は葱好きだから、そんなことをいっただけだろう。

　私は葱は好きではない。スキヤキでさえ、葱にはまず手を出さない。ところが、葱がなくてはまた困るのである。そばや湯豆腐を食うのに、ヤクミとして葱がなかったら、そばも湯豆腐も食べる気がしないし、スキヤキの葱には箸(はし)を出さないといったが、鍋には絶体絶命葱を入れなければ承知しないのである。

私にとっては「お茶」もそうかも知れない。お茶に特別の好みはないので何でも無造作に飲んでいるけれど、さればとてお湯でもいいというわけにはゆかない。食後にはどうしてもお茶がなくてはならないのである。

世のなかには、好きではないけれど、無いと困るもの、あるいは好ましい状態ではないけれど、そうでなくなると困る奇妙な存在や現象がある。

必要悪という言葉があるが、悪というほどのことでもなく、またいちがいにそうきめつけるわけにもゆかない例がある、単なる好ききらいともニュアンスがちがう。

私の場合、電話もその類(たぐい)かも知れない。電話は、かけるのも、かけられるのもあまり好きではない。

こちらからかけても、半分は、いま席をはずしております、とか、外出中です、という答えが返ってくる。かけられるのは、もっと不都合がある。電話は意外に気ぜわしいもので、庭でブザーをきいてかけつけるにも、十回や十五回は鳴る。そして息せき切って受話器をとる寸前に切れてしまう。あるいは間に合っても、まちがい電話だったり、マンションのセールスだったり、それまで爪(つめ)のアカほど考えたこともない事柄についての電話アンケートだったりする。

といって、いまの世のなかに電話がないと困るのはいうまでもない。

私は三十年ほど前、いまの家を作ったとき、故意に半年ほど電話をひかなかったほどだ。そのうち新聞の連載小説がはじまったら、相手の新聞社のほうが弱りはてて、向こうが勝手に電話をとりつけてしまった。

こういう、好きではないけれど、そうでないと困る事態は、身辺の雑事ばかりではない。

話は大きくなるが、かつては台風がそうであった。いまでは米の出来など農民以外はあまり気にもかけない変な時勢になったが、ほんのこの間まではこれが国民的重大事であった。いまでもダムの貯水量は重大事かも知れない。それについて、夏や秋口の台風は、都会には災難だが、米の収穫には、程度問題だがむしろ旱天(かんてん)の慈雨であったことのほうが多かったのである。

話はまた大きくなる。

戦後日本は自民党の独裁といってよかった。そしていまその独裁のマイナスが声高く問題とされる。

戦前の日本の政党は政友会と民政党の二大保守党の争いが泥沼化して、そこを軍部につけこまれて軍部独裁となり、その結果戦争へ猪突猛進しはじめたので、国民が独裁についていていまも拒否反応を示すのはむりもない。

しかし、あえて私は思うのだが、国家によっては独裁でなければうまくゆかない場合もあるのではないか。独裁によって国民生活が暗澹たる例もあるけれど、一方では独裁がなくなって手のつけようもない内乱状態になっている国も少なくないのは、げんに見るとおりだ。そもそも地球上、百数十の国家で完全な民主的国家といえるのは、十カ国もあるまい。

日本の場合、少なくとも戦後、世界では珍らしいほどうまくやってきたのは、決して完璧に望ましいとはいえないにもかかわらず、やはり一種の独裁政治が行われてきたせいではあるまいか。それが客観的な歴史的事実ではあるまいか。

さらに、戦後の日本が希有の繁栄をとげているのは、米ソの間に存在しながら、一応大軍備を放擲して経済に専念したためである。この二大強国が衝突すれば日本などケシ飛んでしまうので、その対立が極点に達するのは日本の悪夢であったが、さてソ連が大軍備のせいで自己崩壊してこの暗雲がひとまず去ったとなると、以後日本は大安心かというと、さてどうだろう。

どうやら世界は軍縮の方向へ向うらしい。それはご同慶の至りに思われるが、長い目で見て、やがて米ソが全力をあげて経済復活に専念しはじめたら、これまた日本などケシ飛ばされる心配は充分ある。

ついでにいうと、例の北方四島、「日本古来」の島を占領されたままなのは、むろんうれしいことではないが、かりにソ連が返還するといい出すと、あの四島の値打ちに千倍する値を求めてくることは必定だが、日本はそれを覚悟の上か。

米ソの対立は決して望ましいことではないが、それが無くなることも日本にとって決して有利とはいえないのである。

もう一つ、とんでもない私の心配はガンの問題だ。ガンの存在が困るのはいうまでもないが、それがないとそれ以上に困るという話である。

ガンは死因の第一で、その治癒は日本人のみならず、人類の悲願である。が――もしこの治療法が発見されたとすると、どうなるか。

日本人の長寿率はたちまち上昇する。日本じゅうが、きんさん・ぎんさんと泉重千代さんばかりになる。ひいてはアルツハイマーだらけになる。

アルツハイマーの介護は、ガンの介護どころではないときく。ひいては日本の国運にもかかわってくる。みんな、それを承知でガンの征服を悲願しているのだろうか。

ところで、話は逆転するが、世にはまた、好ましい状態だけれど、よく考えると困ることも少なくない。

ガンはまだ克服できないけれど、日本が世界最高の長寿国になったのは事実である。

まことにめでたいかぎりのようだが。——

八十、九十の翁や媼は、みな脱俗の仙人か福徳円満の好々爺になるかというと、聖マリアンナ医大教授、日本老年社会学会理事の長谷川和夫博士の言葉の大意を紹介すると、

「私、最初老人というのは、温厚でいつもニコニコと柔軟性があって、あまりストレスもない、というような理想的な人ではないかと想像していたら、決してそうじゃない。そこで感じたことはみな我が強いということ。ただ性格が強いから長生きしたのか、長生きしたから性格が強くなったのか、そこはむつかしいところですが」(『病気とからだの読本』)

読んで私は破顔するとともに、さもあらんと思った。最後の疑問はおそらく前者だ。心やさしい人々は早く死んでゆく。それをおしのけ、踏みつける我の強い人が、そのバイタリティのゆえに長生きしてゆくのだ。

長寿者は決して若い者に迷惑をかけるからとおとなしくしてはいない。まずたいていは右のごとくゴーツクバリなジジババなのである。

こういうめんめんが、やがて国民四人に一人か、ひいては三人に一人の比率で、矍鑠としてゴルフやゲートボールをやっている光景を想像すると、私は戦慄を禁じ得な

い。実は私もこのゴーツクバリの仲間にはいりそうなのだが。――ガンは、こういう漫画的地獄を地上に現出させないための天の配剤ではあるまいか……と思うこともあるのである。

私個人の身近かな話に戻ると、本の問題がある。

私は若いころから、古本屋みたいに高い壁の三面を書架にした書斎のなかで暮したいと希望していたのだが、いま三面どころか、隣の書庫も床がたわまんばかりになり、このごろはそれでも余った本を片っぱしから物置に放りこむ始末になった。

いつかそのうち、床がぬけて持主が本とともに転落するおそれは充分ある。

こういう事態は、みずから招いたこととながら、実現してみると困惑の至りである。

話はまた飛ぶが、近く皇太子のご婚礼で、「大赦令」が出る按配である。

私は「牢屋の坊っちゃん」という小説で、北海道の監獄にいる囚人の主人公に、

「……そもそも裁判官が罪人にある判決を下すのは、厳格にその犯罪を糾明し法文に照らした結果でしょう。それを後になって、皇室のどなたかが生まれたとか亡くなったとか、もとの犯罪とはまったく無縁の理由で、むやみに減刑したり釈放したりするのは、まったく法律や裁判を愚弄したものとしか思われんのです。最初の刑量の正当性さえ疑わせます」

と、いわせているが、この見解は私はいまでも変らない。

皇恩の無窮の仁慈を国民(くにたみ)にあまねく及ぼすというつもりだろうが、こういう古代的習性はもうよすがいいと思う。

聖恩あまねしといえば、万人平等こそ政治の極致のようだが、これを実現させて一種の地獄国を作りあげている国家が、すぐ近くに存在する。これこそ理想が現実のものになると、最悪の事態を呼ぶことになる例の典型だろう。

西郷どんの銅像

「上野といえば西郷さん」だが、西郷さんの銅像がなぜ上野に建っているのか、知っている人はあまりあるまい。

彰義隊とやり合ったのは官軍総参謀の大村益次郎であったし、あるいは西郷さんが江戸を無血で開城させたことへの謝恩の意味かと考えても、それなら少なくとも勝海舟とならべなければつり合いがとれない。

果然、そもそも西郷の銅像を建てるなどということを思いついたのは、東京人ではなく、薩摩人であった。

その発起人は樺山資紀（かばやますけのり）、吉井友実（よしいともざね）という人であった。前者は海軍大臣や台湾総督などを歴任した人物で、いまの随筆家白洲正子さんの祖父にあたる人である。後者も明治政府の要職を経て伯爵となった人物で、歌人吉井勇の祖父にあたる人であった。

これが音頭をとって募金して銅像を作らせ、西郷の名誉回復のため、はじめは皇居のそばに置こうとしたが、さすがにいちどは逆賊の名を受けた人物の銅像を皇居のそばに飾るのはいかがなものかという異議が出て、やむなく移した先が上野公園だったというわけだ。いわば間に合わせの場所なのである。

除幕式は明治三十一年十二月十八日で、式には朝野の名士八百余人が参列したが、そのなかに勝海舟や山県有朋の名も見える。

かつて西郷と江戸城明け渡しの談判をした勝や、城山で西郷を屠って首実検までした山県の感慨如何。

ついでながら海舟はこのあと一ト月ばかりでこの世を去るが、いま私は海舟の銅像云々といったけれど、彼はふだん自分の銅像についてこんなことをいっていた。

「銅像なんか、時勢の変りようで、いつ大砲や鉄砲の弾に鋳られるかわかりやしない。そんなつまらないことをするより、その費用の三割でいいから、いまのうち金でももらいたいよ」

西郷の死を悼んで、「それ達人は大観す。抜山蓋世の勇あるも、栄枯は夢かまぼろしか」という琵琶歌を作った海舟だが、いま西郷の銅像をながめて、同じようなことを考えていたかも知れない。

この銅像ができてみると、こんどは西郷の遺族から異議が出た。隆盛はあんなぞろっぺいな姿で狩りをしたことはないし、顔もまた似ていないというのである。

服装はともかく、容貌については、この銅像の作り手は、おそらくキヨソネのえがいた西郷の銅版画の肖像によったせいだろう。

正しくはエドアルド・キオソーネ、紙幣などを作るために日本に招聘（しょうへい）されたイタリアの画家で、彼は奇しくもこの年の四月に東京で死んでいる。

西郷は生涯写真をとらさなかった。この点、明治天皇と同じである。

いったい明治の政治家や軍人は、後代よりもりっぱな顔をしている。それは主としてヒゲによると私は見ているが、なかでもりっぱなのは明治天皇と西郷隆盛である。それはキヨソネの肖像画がどこか西洋人くさいところがあるからだと私は考えている。で、いまもわれわれの知る両人の顔は、キヨソネのイタリア的美術感覚で修正された肖像なのである。また犬をひいた粗衣の西郷は、銅像の作者高村光雲の庶民的感覚で空想された姿なのである。

作者高村光雲は、このとき帝室技芸員、帝国美術院会員などという仰々しい栄職にあったが、維新までは木彫の仏師であった。

彼はこの西郷の像と前後して、宮城前に建てる大楠公の彫刻にとりかかっている。

当時東京美術学校彫刻科の学生であったその子光太郎は、父の彫刻を愛情と憐（あわ）れみをこめて批判している。父の楠公像は五月人形で、西郷像は置物だと。

さて、かくのごとく異国的感覚による原像の修正、子からも憐れまれる江戸職人的技術、さらに間に合わせの設定場所、などから成り立っている問題の銅像だが——しかし、見よ、その銅像はいま「上野といえば西郷さん」といわれるほど日本人の眼に定着しているではないか。父を笑った光太郎の「十和田湖の乙女像」よりはるかに国民的親愛のまなざしでふり仰がれているではないか。……

つじつまが合わないのは宮城前の大楠公も同じだが、その理由については省略。とにかくつじつまが合わない事実が、いつしかつじつまの合う現実として定着してしまったのである。ここが歴史のこわさであり、面白さなのである。

それにしても、上野公園の一劃で西郷どんは犬に話しかけているかも知れない。

「おいどんは、どげんしてここに立っちょるのでごわす?」

政治家と顔

私は新一万円札の肖像を福沢諭吉に、新千円札を夏目漱石にしたのが少々気にくわない。どう見ても、漱石の顔のほうが諭吉の顔より高雅だからである。

いや、その人の値打ちは紙幣の額とは無関係だといっても、顔とならんでその値段が歴然と印刷されているから困る。だいたい、これほど国民が毎日ためつすがめつする紙幣の肖像を、一にぎりの大蔵省の役人だけがきめてしまうのも僭越だと思うけれど、しかし世論などにきいたら、こんどは百家争鳴で収拾つかなくなるおそれがあり、まあいたしかたのないことかも知れない。

お札はともかく、近来、顔というものがきわめて重大になった。

鷗外が、「容貌はその持主を何びとにも推薦する」といったように、それは昔からのことで、特に女性、人気稼業にとって致命的な要素だったからにちがいないが、近年は、女性、人気稼業ならざる男性でも、大衆を相手にする職業だと、「男は顔じゃない！」などとそりかえってはいられない事態になった。

密室の作業であるはずの小説家でもこの条件を無視できないのではないか、と思われるふしもある。カメラの性能、印刷の技術が発達し、かつ何かといえば、写真が使われるようになったからだ。それで、小生などは少なからず困惑する。

もっともこれは、いわゆる美男美女が好条件だというのではない。美男美女でなくたって、それどころか造作はふつう人以下なのに、「感じ」のいい顔があり、だから美男美女ならざる人間も救われるのだが、しかし、それでも依然、それなりに「顔」がその人の重大要素であることに変りはない。

それが致命的にまでなったのは、やはりテレビのせいである。

しかし、テレビを見ていると、実際問題として「感じのいい顔」というのはきわめて珍らしいようですなあ。

ふつうのテレビタレントやアナウンサーでさえ、ほんとうに感じのいい顔というのは少ない。どうしてこういう顔を出すのか知らん、ほかにもっと適当な人間はいないのか、と首をひねることが多い。

コマーシャルなど、赤ん坊か美人にかぎる、とはじめ思っていたが、どんなコマーシャルでも赤ん坊というわけにはゆかないし、よく見ていると美人というやつも問題で――これが意外に難しい。人間には好ききらいというものがありましてね。自分のきらいなタイプの美人が美人然としてシナを作るのを見るとゲンナリする。中には、それをコマーシャルに使う担当者の審美眼を疑わずにはいられない場合もある。

ましてや素人はドーカと思われるのが半分以上で、これがその人がどうしても出なくてはならない場合ならいざ知らず、物好きで出ている番組などは、たとえ有名人でも、見ていて「ああ、よしたほうがいいのになあ」と、ひとごとながら嘆声を発したり、ときには食事時だと吐気をもよおしてスイッチを切りに飛んでゆくことすらまれではない。

だから同じく願い下げの部属に属する小生などはテレビに出ればひとの飯をまずくするクチだとかたく信じて、先日も家にまでおいでになったNHKの某番組の人に、右の論旨を三時間にわたって熱弁し、相手から「それほど拒否にエネルギーを使われるなら、あっさり出られたほうがまだラクでしょうに」と呆れられたくらいである。

小生などは、出たくなければ出ないですむけれど、そうはゆかないのみならず、致命的に問題になるのは政治家の場合だろう。

テレビに出るのが好きだきらいだといってはいられない職業であり、かつその効果がてきめんに人気に――票につながるからである。それがいかに重要であるかは、アメリカの大統領選挙における候補者のテレビ討論が至上のイベントと目されていることでもわかる。

これからの国家が、政治家の能力より「顔」に影響されるとは困ったものだが、それが厳然たる事実なのだからいたしかたがない。

さて、政治家の顔はかくも大事なものになったが、しかし持って生まれた造作はどうしようもない。ではこれをどうする。

思えば明治人の顔はみんなりっぱであった。明治天皇、大久保、伊藤、乃木、東郷、漱石、鷗外等々を見よ。——と書いて気がついたことは、これらの顔にみんなヒゲがあるということだ。

さっき漱石の顔のほうが諭吉より高雅だといったが、これもヒゲの有無に関係があるかも知れない。西郷隆盛は珍らしくヒゲがないが、これは西郷さんが、ヒゲなどなくてもいい、日本人としては特別例外のりっぱな顔の持主だったからである。

なるほど男の顔の化粧ないしカモフラージュとして、ヒゲほど有効なものはない。

私は近い将来、必ず政治家の顔をヒゲが装飾する時代がくることを予言する。

IV

風太郎由来

ハマの風太郎なる種族があるそうな。横浜港の荷揚人夫のことらしい。

その存在を僕が知ったのは戦後のことだが、もしその名も戦後にはじまったものなら、この呼称の先取権は僕にある。太平洋戦争直前——中学時代に、僕はこの名を使っていたからである。

むろんペンネームなどであるワケがない。不良仲間があって、これがそれぞれ「風」とか「雨」とか「霧」とか名乗ってお互いの連絡の符号に使っていたのである。まあ「弁天小僧」だの「南郷力丸」だのというたぐいだ。それをのちに、まさか小説で飯をくおうなどというほどの気もなく、ふとペンネームに使用する気になったのがはじめだが、しかし、そもそも最初になぜ僕が「風」の字をえらんだのか。

いまは「風太郎」という名は、実はあんまり好きじゃないが、これはまったく当人がわるいので、「風」という字、意味、語感、発音、それによって作られる熟語、ことごとく僕は好きである。春風愛すべく秋風なつかしく、実は台風もあまりきらいな方ではない。

風月、風色、風格、風流、風韻、風炎、風雲、風燭、風鐸（ふうたく）、風来坊、風俗壊乱。……いずれもわるくない。

いま思い出すと、ぼくが初めてペンネームとして使ったのは、中学三、四年の頃ある映画雑誌に「中学生と映画論」という文章を載せてもらったときであった。中学生が映画をみれば、停学処分という時代に「中学生に映画を見せろ」という、これは投稿欄ではなく、大論文として掲載されたものである。……はじめに、風太郎の呼称の先取権を主張したが、しかしよくよくかんがえてみると、その心情にいたっては、ハマの風太郎とあんまりちがわないような気がする。……親愛なる同志ハマの風太郎諸君！

金瓶梅

どんな平凡な人生でも、長いあいだにはいくつかの運命的な事件を持つものだ。そしてその事件が、必然というより偶然であることが少なくない。

私の場合、忍法帖シリーズという荒唐無稽(こうとうむけい)な物語を書いたのもその一例かも知れない。

昭和二十年代、京橋にあったある出版社から出した雑誌に、私は小説をのせてもらったのだが、原稿料をなかなかくれないので、私はある日、京橋でひらかれた探偵小説の会に出たついでにその出版社を訪ねた。

そのとき係の人が困惑して、代わりにくれたのがそこから出版されたばかりの「全訳金瓶梅」という四冊本である。

私はその本の名は鷗外の「雁」で知っているばかりで、内容は知らなかった。何人かの愛妾(あいしょう)を一軒に住まわせている中国の大好色漢の話で、鷗外が「平穏な叙事が十枚か二十枚あるかと思うと、約束したように怪しからん事が書いてある」と紹介したようなものだ。

私はそれを読んで、「妖異金瓶梅」という探偵小説を書いた。これが案外好評で、こんどは「水滸伝」を日本化したものを書いてみないか、という話があった。

ところで、「水滸伝」は百八人の豪傑が登場するが、その武術は十数種にすぎない。そこで私は百八種の武術を考案しようと思い至ったのだが、在来のものではとうてい百八に及ばない。で、私は「忍法」と称する架空の術を作ることを着想したのである。

あのときその出版社の係の人が、当座のごまかしに「金瓶梅」をくれなかったら、私の「忍法帖」なるものは出現しなかったのである。

この世の辻

私が明治を舞台にした小説をかくとき、作者としていたずらっ気をふくんだ興味を持ったのは、常識的には思いがけない人間同士をめぐり合わせることであった。

お遊びにはちがいないが、「この世の辻」の物語を描きたかったのである。

常識的には意外な組み合わせといったが、ただでたらめに出逢わせるのではなく、ひょっとしたらそんなことがあったかも知れん、と一応の可能性のある組み合わせが望ましいことはいうまでもない。

そのとき、何度か首をひねったのは、登場人物同士の会話の調子であった。問答の内容もさることながら、日本語は両者の社会的地位、親疎、年齢によって調子が変わる。相手の呼び方からしてちがってくる。架空の出逢いだけにむずかしい。

たとえば福沢諭吉と新門辰五郎、夏目漱石と河竹黙阿弥、貞奴と樋口一葉なんて組み合わせが会話するとすれば、二人はどういう言葉づかいで話すのか?

このいささかの苦労は、しかし結局カラブリでありました。だれとだれをめぐり合わせようと、いまの若い読者はそのだれだれを知らないのだから、意外とも面白いとも感じようがないのである。

といって、彼らを笑うわけにも恨むわけにもゆかない。東郷平八郎も知らない教育を受けた以上、明治の人物について空白状態であるのも当然だ。それどころかこっちのほうが、このごろは似顔絵でも物まねでも、そもそも原体を知らないほうが多くなりました。

奇蹟の人

戦前――つまり私の場合、二十歳（はたち）前後まで私は探偵小説というものをほとんど知らないといってよかった。中学は但馬（たじま）の豊岡という町だったが、本屋に「新青年」が置いてあったかどうか、それさえ記憶にないほどである。

それが、終戦後、ふと何の気なしに買った「宝石」（むろん旧「宝石」である）で『本陣殺人事件』を読み出して、ほんとに驚倒した。

それで、「宝石」編集部にその面白さを讃えたハガキを出したことがある。いわゆる読者からの手紙で、考えて見ると、そんなことをしたのは、あとにもさきにもこのときのほか一度もない。

それにしても、それは連載中のことで、完結まで待たないで、そんなに面白がらせるとは、探偵小説としていかに異常なことか、かえって後になって知った。

そんなひどい素養で、とにかく私が探偵小説らしきものを書き出して間もなく、何人かの女子大生を知る機会があった。私が探偵小説を書いていることを知ると、探偵小説とはどんなものか見本を見せてくれ、といった。まだそんな時代だったのである。私はそんなとき、必ず『本陣殺人事件』を貸してやった。彼女たちはいずれも、「ほんとに面白かった。探偵小説がこんなに面白いものとは知らなかった」と異口同音にいった。

この作品は、トリックとしてはさらにみごとな他の横溝作品もあるだろうが、何より名匠が情熱をこめた手作りの民芸品のような、えもいわれぬ素朴で美しい光をはなっている。

そのうち、作者が疎開先から上京されて、こちらは駆け出しの作家として何度かお目にかかることになった。

いまでも思い出すのは、いまから二十年ほど前のお正月のことだ。私ははじめて紋付に袴（はかま）をあつらえ、これを着用に及んで客のある編集者と飲み、夜にはいって、酔余、成城の横溝邸におしかけた。先生はもう晩酌をすましてお休みになっていたのではないかと思うが、それでも出て来られて、痛飲また痛飲の大酒宴となった。

と、そのうちに酒の味が、何だか変になって来た。これはいっしょの編集者とも意見が一致したから疑心暗鬼ではないと思うが、酒が少々薄くなって来たようなのである。……どうやら、奥さまが先生のお身体を心配されて、酒のアルコール度を薄められたのではあるまいか、と思う。

しかも先生は、まったくそれに気づかれないほどの御酩酊であった。……先生、自分のことは棚にあげて何をいうか、と怒っちゃいけません。これは小生のことを書く文章ではないのですから。

とにかく、これがこちらの疑心暗鬼であったら陳謝のほかはないが、私が感動するのは、当時から毎年喀血されるほどの御病体でありながら、客が――しかも二十も年下の作家が訪れると、そこまで歓待に勤められる、そのやさしさである。いまの私が当時の先生の年齢にあたるが、同様の立場になったら、とてもそんな歓待は出来ない。だいいち、そんな元気がない。

だれも知るように、先生は三十代のはじめから結核という病気持ちになられたのだが、そのお身体で戦後多くの本格物の名作を書かれ、しかも日本の推理作家で、現在まで長命のレコードホルダーとなっていられるのである。

結核は伝染病だから、だれかまわりにその媒体が常在すれば、たいていの人間が、本人の肉体的素質とは無縁にそれにかかる。先生はたまたまその被害者になられただけで、本来は、胃、心臓、肝臓その他の内臓すべて、常人を超える御丈夫な素質を持たれていたにちがいない。……その証拠に、たとえば現在なおかつ先生の食欲は、二十も若い私に数倍するのではないかと拝見する。

　で、もし先生が病気持ちになられなかったとしたら、その壮健な肉体に加えるに、先生はつき合いにはトコトンまでつき合うやさしさと、人生意気に感ずといった快男児的性格もお持ちだから、お若いうちにかえって身体をいためつけてしまう事態が生じたのではないかと想像する。

　先生の病気は、逆に先生を救ったのみならず、その肉体的束縛は先生を、あの精妙無比の本格的のトリックとプロットをじっくり考えさせる絶妙の環境に置いたのである。それにしても、若くして喀血するという人生最大の不幸事を逆手にとって、日本における最初にして最大の本格推理作家に変じさせたのは一つの奇蹟といえる。人間の世界には、こういうこともあるのである。

　むろんこの魔術のタネは、先生の本格物に対する大才である。私は右に述べたように、骨の髄までの探偵小説のファンではなく、特に自分にその才能がないと知って退却してから、他の方の探偵小説を読むことも少なくなったが、それでも、本格推理小説の真の骨法、ダイゴ味を会得（えとく）している推理作家は、五人あるか、ないか、といった感じを持っている。たとえ頭ではその真髄を理解していても、いざ自分が書くとなると意にまかせない。――実は大乱歩でさえその傾向があった。

横溝先生がその才能において最初にして最大の人であることはいまいった通りだが、しかし先生がそれを発揮されたのは、戦後、四十半ばに達しられてからであった。その理由は、戦前乱歩先生の変格物が雑誌界を風靡していたことからの影響によるものと思われるが、この三十代以前の変格物の熟練が、以後の本格物にどれだけ有効に働いたか、先生の本格物が、後年それこそ奇蹟のような大ブームをひき起した秘密はここにある。先生はまたしても影を光に変える逆手の妙術を使われたのである。

そして、いまや(昭和五十四年現在)先生七十七歳。

この年齢より長命した作家はむろんないではないが、それはただ長命しているか、あるいは隠居仕事のような随筆類を書くだけがふつうなのに、なお第一線にあって本格物を書きつづけていられるとは、これはいよいよもって奇蹟といわなければならない。

さる日、私は、奥さまにお尋ねした。

「ここへ来て、奥さまが先生のお酒をセーブされなくなったようにお見受けしますが、そりゃどういうわけですか」

「いえ、もうこうなったら、好きなようにさせようと思いまして……」

という、笑顔の御返事であった。

その結果、文字通り快飲の日々を送られて、なんと、五十有余年先生を悩ました結核菌までみな死んでしまったとはこれいかに。

これはもう奇蹟の神様である。脱帽。

巨人乱歩

以前にやはりこの題で随筆をかいた記憶があるが、これは決して美辞麗句ではない。あまり人づきあいの多い方ではないので、ひろくは知らないが、乱歩さんのような人柄はめったにないのではあるまいか。世の中でだれをいちばん尊敬するか、というアンケートに、いつも乱歩先生とかいたが、いまでもその通りである。ほんとうに敬愛すべき人であった。

漱石の偉大な点は、何よりもその人柄ではあるまいか、と思うことがあるが、タイプはまったくちがうけれど、乱歩さんにも同じような感じを抱かせられる。乱歩さんと接触した人、とくに後輩は、だれでもそれぞれ胸のあたたまるような想い出を持っているにちがいない。

てらい、見栄、尊大さなどいうケチくさい私心はちりほどもなく巨大な子供とでもいえるような、茫洋として輪廓のない天衣無縫さと、あの緻密さ誠実さとの絶妙なる混合。まさに推理小説界の大ボスにちがいなかったが、最善の意味に於けるボスであった。

あの一生を通じての、要約すれば「推理小説は遊戯である」という持論にしても、松本清張氏を待たなければだれも破れないほどの魔力を持っていて、私などまだこの論の正統性を信じているほどである。

私は乱歩さんのまえで「先生は眼高手低の人だ」などとぬけぬけといったことがあるが、しかし乱歩さんの作品には、ふしぎな原始的なとでも形容したいような力のあることは認めないわけにはゆかない。いちど読んだら、そのストーリーが頭にはっきり残っていつでもすぐに思い出せるような力がある。ほかの人のほかの作品は、もっと巧妙に書かれてあっても、どんな話だっけな、と思い出そうとしても、どうしても思い出せないものが多いのだが。

「大衆小説は読み捨てだ」という説に対し、「純文学だって読み捨てだ」というのが私の説で、いちど読んだ作品を再読することは、小説の種類をとわずめったにあるものではないが、しかし二度読んでも三度読んでも面白いのは――残念ながら小説ではないが――乱歩さんの「探偵小説四十年」である。

全集の公称は何万部だが、事実は何万部で、どういう風に宣伝して、印税がいくら、などということまで、誠実無比の筆で微に入り細をうがって書かれた本は、ほかにあまりないのではないか。

戦前に「新青年」などほとんど読んだことがなく、従って戦前の推理小説界の有為転変にもまったく知識のない私でさえ、どこの頁をひらいても面白いのだから、中年以上の推理小説ファンにはもっと面白いにちがいないと思われる。

乱歩先生の手紙

私は、わが人生の十大意外事、と考えていることがある。三つは戦争に関すること で、四つは社会現象に関することで、三つは私自身に関することだ。

戦争というのは太平洋戦争のことだが、まず日本が戦争に負けたということが、あの時点においては大驚愕事(だいきょうがくじ)であった。私も二十歳をすぎたころであったから、勝敗はともかく、日本が降参する、などいうことが考えられなかったのである。

つぎに、あれほど完敗し、焼土と化した日本がここまで回復し、それどころかいまや世界でよそに金をくばる余力のあるのは日本だけ、などいう国になろうとは、これまた思いもよらなかった。

三番目に、その太平洋戦争が内外にわたっていまなお大不評であることも意外であった。敗戦直後はともかく、時を経るにつれて内外の怨恨はうすれ、戦死した日本軍の将兵にも哀悼の念が復活するだろうと考えていたが、復活どころか、外からは、まず日本に一発かませるのはあの戦争を持ち出すにかぎるとされ、内からも、たとえば特攻隊に対してもまるで犬死扱いせんばかりで、太平洋戦争はおろか明治以来の歴史も全否定する「史観」が定着しようとは思わなかった。

で、旧制中学の同窓などが集まって酒を飲むと、「白髪の遺臣楚辞を読む」といった眺めを呈するようになる。しかしその白髪の遺臣も、いまや続々と姿を没してゆく。

……

それから、つぎの社会的意外事だが、まず米があまって全国民がヤセルのに苦労し、それなのにアメリカに米の輸入を強制されて、大困惑する事態が生じようとは想像もしなかった。

二番目に、この狭くて山だらけの国土に、これほどハイウエイがひろがり、これほどゴルフ場が乱立する状態になったのも、私には大奇怪事としか思えない。

私の人生の十大意外事に入れるのは可笑しいようだが、現代のタバコ喫み退治と宅配便なるものがそのなかにはいっているのである。

嫌煙権なんて、不敏にして私ははじめ冗談かと思っていたら、文字通り冗談ではない社会的大問題となってきた雲ゆきには、ただ唖然とするばかりである。これもモトはアメリカだが、そのくせアメリカは煙草の輸出にはシャカリキになっているのだから、勝手もいいところだ。

宅配便なるものも、日本にはむかしから郵便局が網の目のようにはりめぐらされているのに、それと張り合う商売をやろうとは、まず何よりもその発想の大胆不敵さに脱帽する。しかも結果として、小包に関してはいま郵便をしのぐばかりのありさまとなったのは、あっぱれというよりほかはない。

さて、ついで私自身に関しての意外事だが、そのうち二つは、十四歳のときの母の死と、生来ヒョロヒョロで、タバコは喫む、大酒は呑む、その他万事自堕落といっていい生活をしている私が、べつに病気らしい病気もせず、やがて古稀を越そうとしていることである。

そして最後の一つだが、その私が出来映えは論外だが、作家としていままでトニカク何とか暮してこられたことこそ、最大の奇ッ怪事だ、と自分で考えている。

そもそも私が作家などになってみようと思い立ったのは、才能についての見込みなど全然ないのに、ただ右のごとく自堕落な生活をしながら生きてゆく法はないものか、と甚だ横着な了見からのことで、はじめ探偵小説など書いたのも、偶然本屋で、「宝石」という探偵雑誌（いまこれを旧「宝石」と呼ぶ）の創刊号に、小説募集の広告を見たからであった。

そのころ出た探偵小説の新人は、とにかく戦前の「新青年」の愛読者であるのがふつうであったが、私は「新青年」など読んだこともなく、その広告の選者の一人に江戸川乱歩とあるのを見て、少年時代に読んだ「怪人二十面相」を遠くなつかしく思い出したものの、「ホホー、乱歩さんて、まだ生きてたのか。……」と感心したくらいその世界には無知であった。

そんな私が、募集に応じてみたら、それが当選してしまったのである。その作品は「宝石」昭和二十二年新年号に掲載されたから、書いたのは二十一年すなわち敗戦の翌年のことであったろう。

その前年、日本に降伏あるを知らず、と切歯扼腕したくせに、翌年はもう勝手のわからぬ探偵小説など書きはじめているのだから、悲憤慷慨もあてにはならない。

とにかくその結果、その後十年ほど探偵小説を書いて暮すことになったのだが、それはこの当選のせいというより、これを縁にお近づきになった乱歩先生の、探偵小説に対する巨大な情熱に同化されたからである。

が、探偵小説には特異な才能が何種か要る。その何種かの才能のうち、最も望ましいのはパラドックスの能力である。それはただトリックとか、登場人物の性格とか、筋の運びのみならず、全体のモチーフや文章そのものがパラドックスから成り立っているようなものを最上とする。その例はチェスタートンである。

ところが私に、そんなものはないのである。実はそんな才能は、乱歩先生もふくめて、ほとんど日本の探偵作家にはないのだが、それについで探偵小説を書くに必要な二、三種の才能も私にはない。

私の当惑と歩を同じくして、そのうち「宝石」という雑誌も、最初の数年は好調であったのだが、次第次第に退潮しはじめた。同時に原稿料も支払えなくなった。

そこで二、三年ごとに執筆者に、それまでにたまった未払い稿料は一切ご破算にしてもらうというありさまになった。いまの世界の累積債務国の様相とおんなじだ。

それから一、二年たつと、また同様の状態になる。

で、昭和三十二年から、ついに乱歩先生ご自身で「宝石」の編集にあたられることになった。

そこで乱歩先生は、みずから原稿依頼に各作家をまわられた。当時まったく思いがけない純文学の人々まで探偵小説を書く羽目になったのは、ひとえにこの訪問の結果であった。

律義な一面を持つ先生は、なんと私のような末輩の家まで足を運ばれて、私は大恐縮したが、ところがさて、当時私は右にのべたようなありさまで、先生に献上するような探偵小説が書けないのである。

そこでとうとう、乱歩先生からお叱りのハガキをいただく始末になった。

いまから思うともったいないことをしたと思うのだが、私はもらった手紙類がある程度たまると、みんな焼却してしまう習いで、それ以外にも乱歩先生や横溝先生の手紙類があったのだが、ぜんぶ燃やしてしまっていまはない。だが、右の乱歩先生のハガキには参ったと見えて、別紙にメモしておいたものがいま残っている。

実は先日、偶然それを見つけ、それでこの原稿を書き出したようなわけである。

昭和三十二年十一月二十日付。

「拝啓十八日、歌舞伎切符代拝受しました。毎度代金だけ払わせて恐縮。この次からしばらく休みましょうか、御一報下さい」

そのころ乱歩先生ご夫婦を中心に「勘三郎を見る会」という歌舞伎見物の会を作っていたのだが、私は合わせる顔がなかったか、それとももちまえのものぐさか、そのころ無精(ぶしょう)をきめこんでいたと見える。

「原稿の事は甚だ不満。私がやり出してから書いてもらえない人、あなただけになりました。何とか御都合つきませんか。別に探偵小説でなくとも結構です。匆々」

それで私はあわてて何とか書き出して、そのことを報告したらしい。

十一月三十日付。

「拝啓。おハガキ拝見して大喜びにて御サイソクをつづけているわけです。本土曜日は他に用事あり、編集部と連絡しておりませんのでもう原稿いただいたとも思いますが、心もとなく手紙する次第です。二日（月）から印刷所への出張校正に入るのですが、貴稿に限り二日一杯お待ちします。何とぞ〱よろしくお願いします。右御懇願まで。頓首」

十二月四日付。

「御原稿間に合わせて下さってありがとう。大変結構です。一月号で一番面白いかも知れません。巻頭にのせたいのですが、原稿がおくれたので場所はよくないと思いますが、他の点でこれは大物として扱います。本日ハガキも頂きました。いろいろありがとう存じました。御礼申しあげます」

私が書いたのは、やはり探偵小説ではない、「怪異投込寺」という作品であった。

このとし乱歩先生は六十三歳。私は三十五歳。それなのにこんな手紙を書かせるとは、いま読んでも申しわけなさに涙がコボれる。

乱歩先生が「宝石」編集にあたられたのは、それから何年間であったか。その間、本来探偵小説とは無縁の作家も何篇か「宝石」に発表しているのに、私はといえば、この作品以外にもう一篇しか書いていないのである。

三十五歳でこのていたらくで、しかもそれからまた三十五年、私は何とか曲りなりにも作家として生活してきたのである。私自身の「大意外事」の一つに数えるゆえん。

武大想い出抄

「力なく床(とこ)に首ふる我を見れば人はさだめて老衰というらむ」

「力なく床に首ふる汝(なれ)を見れば人はさだめて腎虚というらむ」

前者は、昔、色川武大が私によこしたハガキに書いてきた歌であり、後者は、それに対して私が送った返歌である。どうです、風流なものでしょう。

昔も昔、昭和三十年代後半のことで、色川氏はまだ三十を越えたかどうかという年齢で、ユーモアめかしてはいるが、ともかくも老衰なんて言葉を使っている。色川氏にしてみれば、卵がかえる前の、もっとも鬱屈(うっくつ)した時代であったろう。

その卵がかえるか、かえらないか本人にも不明で、まして他人の私にわかりようがない。

未来を知らずして、そのころ私と彼はマージャンばかりしていた。いや、私の自宅でやるマージャンに呼び集めるメンバーの一人にすぎなかった。

そのマージャンにしても、彼がのちに「雀聖」など呼ばれることになる人物であろうとは、こちらは夢にも知らなかった。やっていて、「強いなあ！」とおじけをふるうような凄みは全然ないのである。ただ、きわめて柔軟な、変幻自在のマージャンを打つ人だとは感じていた。

これがマージャン界で雀聖と呼ばれる人物として再出現したのを知って、私は唖然とした。まあ昔の講談で、はじめはただの百姓爺いと思っていたのが、あとで剣聖磯端伴蔵とか羽賀井一心斎とかであることを知って、柳生の侍がウヘーとびっくり仰天する、といったお話みたいなものである。

マージャンの雑誌などで、彼とお手合せを願ったプロたちが、色川氏が負けたら負けたで、いうにいわれぬ奥深い負け方だ、さすがは雀聖だ、と平伏しているような記事をいくつか読んで、私は笑い出した。

そういう至芸の世界は私にはわからないが、名だたるプロの名人もあまたあるなかで、色川氏がひとり「雀聖」など呼ばれたのには、それらのプロとはちがう何かがあったのだろう。

何日かぶっつづけで徹夜マージャンという日々をくり返して、その後何年か姿を見せない時期があり——どうやら競輪を追ってあちこち放浪していたらしい——ある日、忽然と現われ出でたが、これがあの色川さんか、と、こちらが眼をパチクリさせるほど肥満して、しかもその肉の盛りあがったまるい背をかがめ、柔らかな応対は以前と変らなかった。

そのころ私はちょうど某新聞に、「忍びの卍」という忍術小説を書いていたものだから、彼のことを「忍びの肥満児」と呼んだ。

色川さんは、その後も年に一度か二度、飄然と訪れた。マージャンはしない。ムダ話をするだけだが、胆石の大手術をしたといって、腹を切開した物凄い傷あとを見せ、摘出した胆石を枕頭においていたら、見舞客が菓子とまちがえて食ってしまった、などという話をしたりした。が、これは相手を面白がらせようという彼のサービス精神のあらわれで、まあ作り話だろうと思う。たとえ菓子と見まちがえたにせよ、病人の枕頭にあるものをいきなり食ってしまう見舞客などあるものではない。

それはともかく、人間はいろいろと相反する性格を同じ身体に抱いているもので、あれほど孤独な世界を描くのに比類ない才能を持っていた人が、一方で怖ろしくつきあい好きであった。話し合って別に可笑しくも悲しくもない私のような者のところへも、ときどき訪れたのがそのあらわれである。

そして、私にたくさんのビデオを貸してくれた。それは私が旧制中学のころ、禁制になっていたのをあえて見た昭和十年代の映画のビデオであったが、これに彼は一つ一つ親切に解説をつけてくれた。私も観た映画なのだが、ただ懐旧の念ばかりで、まったく無知識の俳優や芸能人の演技などについてだが、その記憶力には驚かざるを得なかった。

　これほど精密な脳髄を持った人間が、どうして少年時代から「落ちこぼれ」になってしまったか、私にとっては不可解である。

　また「期待されざる少年」であったことは私と同様だが、私の場合は幼少時代父母を失ったという事情があったのだが、彼には立派な両親が健在であり、本人も人間大好きできわめて人づきあいのいい性格なのに、と、ふしぎ千万である。

　私は色川氏に「こわれた頭をかく、こわれない頭の男」という批評をたてまつった。「こわれた頭」の孤絶した世界を描いてあきなかったこの人は、一方で、常人以上につき合いがよく、人集めが好きで、それどころかお山の大将になることもいやではない性質の持主ではなかったかと思われる。

　晩年あれほど多くの心酔者を集めたのも、彼が、相手のいやがることはいわない、というデリケートなやさしさ、いいかえれば先天的に犀利（さいり）な観察眼を持っていたせいもあるが、根本的には人間大好きの性格が人々に反応したからだろう。

私は色川氏がまだ魔力を発揮しない時代からの知り合いなので、後年になってもそんな魔力を感じなかった。私がまた、そういう魔力に鈍感無頓着なせいもあるけれど、色川氏もまた、この相手が魔力を感じるか感じないか、鋭敏にかぎあてる能力の所有者であったと思う。

晩年には彼も、自分の持つ魔力のようなものについて自覚し、自信を持ってきていたのではないか。あと十年生きていたら、彼は文壇の一教祖となるどころか、色川教か武大教か、新興宗教の開祖になったのではないか、とさえ私は考える。

さてその死んだ原因だが、その遠因は肥満からきた心臓障害にちがいないが、近因はやはりその直前の引っ越しの疲労だろう。

奥州への引っ越しなど突飛なことを思い立ったのは、つき合いのよさからきた繁忙にうんざりしたこともあるだろうが、それまで住んでいた高級住宅街成城の借家の家賃にも弱ったせいだろう。私が訪れて、「ここの家賃はいくらだ」ときいたら、五十万円とか答えて、「高いんです」と苦笑した。

が、それより安いところへゆこうにも、東京には代用すべきところがないのである。彼は孤独の世界に帰りたい望みがある一方で、人集めが好きで、かつ彼なりのプライド――だれにもあるミエもあった。

新しく借りた岩手県の家はなかなかの豪邸であったという。それが右のもろもろの望みを叶える唯一の場所であったのではないか。

しかし私が思うに、本来東京ッ子の色川氏が、そんなところに五年もがまんしていられるわけがない。

いままでと同じように手広で、かつ家賃がもう少し安いところがあれば彼は東京に住みたかったのだ、と私は思う。すなわち色川武大を殺したのは、直接には東京の地価である。

かくて色川武大の頭はこわれなかったが、心臓のほうがこわれた。

吉川英治生誕百年に思う

「明治以来の作家で、これから五十年後なお百万の読者を持っているのは、夏目漱石と吉川英治の二人だけだろう」と、私は思う。半分は冗談で、半分はまじめである。

この場合私は「坊ちゃん」と「宮本武蔵」を念頭においているのだが、漱石はさておいて、吉川英治はなぜいまも多くの人々に愛読されているのだろう。

むろん小説は全人的な作業だから、その理由のいくつかをとり出してみてもしょうがないわけだが、吉川英治について、あえて私なりに考えたことを、二、三あげてみることにする。

第一に、あたりまえの話だが、物語が波乱万丈で面白いことである。

私は、吉川英治の本領は、晩年のいわゆる歴史小説よりもそれ以前の伝奇小説にあると見ているが、吉川英治はこういう物語の作り方を何から学んだのだろう。彼の若かったころ西洋の翻訳物などまだ世の中にない時代であったろうから、おそらく中国の「三国志」「水滸伝」や、馬琴や京伝の読本などを読みふけったにちがいないが、それは同時代の他の作家も同様だろうに、吉川英治の場合はストーリーの作り方がひときわずばぬけている。

私は、そのもとは黒岩涙香にあると思う。

吉川英治の青少年のころ黒岩涙香の「巌窟王」や「噫無情」が一世を風靡していた。これらの涙香独特の翻案伝奇小説を、彼は余人にまして熟読したにちがいない。

吉川英治は涙香についていう。「仔細に吟味すると支離滅裂だが、その不合理をちっとも感じさせない手腕を持っている」

吉川英治は、伝奇小説の骨法のみならず、時には荒唐無稽になり易いストーリーを読者に抵抗なく読ませてしまう魔術をも、涙香から会得したのではあるまいか。

それにしても、小学校教育さえ満足に受けられなかった境遇でこの学びぶりは驚嘆すべし。それどころか彼はそのマイナスを逆手にとり、辞書にない大胆不敵な造語を無数にちりばめて、独得の吉川世界を生み出すのに成功したのである。

その魔術を生む原動力は、何より作者の情熱にある。この性質が、骨肉愛とともに、なみはずれて濃厚なのが読者を打つのだ。

私は少年時代読んだ「神州天馬俠」を、吉川英治の最大傑作だと思っていた。後年再読してみると、もうメチャクチャ、それこそ支離滅裂のストーリーであったが、その小説が昭和初年の少年たちを熱狂させたのである。吉川英治が涙香に捧げた評語はそっくり彼自身にもあてはまる。

おそらくあまりの支離滅裂ぶりの果てだろう、「少年倶楽部」連載中、彼はこの小説を一回休載したのだが、そのときの愛読者たちへの十数枚に及ぶ謝罪の文章が、また少年たちを感動させた話は有名である。

吉川英治を国民作家たらしめたのは、むろん小説の面白さだけではない。もう一つ、彼が「人生の教師」という風貌をもっていることだ。これは漱石とも共通する。

世に説教好きの人の多いことはみな知る通りだが、実は説教されることの好きな人もまた多いのだ。だから、どこか人生の教師の感触のある人物や作品に会うと、一種の安心感をおぼえるらしい。

漱石はもともと大学の教師だが、貧苦の少年期を送った吉川英治もこの匂いが強い。それが決して付焼刃（つけやけば）ではなく、本質的なものなので人々の信頼感が増し、この二人を国民的作家にしたものはたしかにこの要素もあると思われる。

肩に来た赤蜻蛉

別に目新しい説でもあるまいが、漱石についての雑感二つ三つ。

漱石の小説に背信をテーマとする恋愛小説が多いので、漱石の若いころ、何かそういう体験があったのではないか、という想像から、その核となる漱石のベアトリーチエはだれであったのか、という探索にさまざまな説のあることは人のよく知るところだ。

あるいは、あによめ説、あるいは大塚楠緒子（なおこ）説、あるいは「道草」にお縫さんとして出て来る塩原れん説、はては鰹節屋のおかみさん説。……その各説のそれぞれの牽強付会（けんきょうふかい）ぶりを見て、私はこれを漱石の耶馬台国と呼んでいる。

私自身は、漱石にそんな女性はなかった、という考えである。耶馬台国はなかった、のである。

ただ漱石は、背信ということに、他人に対しても自分に対しても異常に敏感で、それについて幼少時代から傷つくことが多かったのではないか。何かあったとしたら、それは男性同士の間の問題ではなかったか。それを小説のテーマとして書く場合、恋愛にからませたほうが面白いので、小説のテクニック上、漱石はその心理的葛藤(かっとう)を女性を対象とした物語に転化したのではないか、と考える。

それより私は、モラルの上で漱石の潔癖性のほうがふしぎである。

彼の兄や姉を見ても、その遺伝、その環境、どうみてもむしろだらしない家庭なのに、彼だけが――「硝子戸の中」の喜いちゃんから大田南畝の写本を買う話を読んでもわかるように――幼少時から異常に潔癖であったようだ。人間の才能はともかく、道徳観など環境か教育によると考えていたが、これも先天的――遺伝というより、特定の個人だけの素質によるということもあるらしい。

ただ、面白いことは、昭和三年版の「漱石全集」の月報には、まだ漱石生前の知人や朋輩が少なからず筆をとっているが、それが神格化どころか、あれがあんな大文豪と呼ばれる存在になったのは意外千万、といった感触のものが多いことだ。おそらく現実というものは、そういうものなのだろう。

それはともかく、この高潔な漱石にいつもくらべられるのは、あまりに俗っぽい鏡子夫人である。しかし私は、夫人悪妻説にも首をかしげる。

夫人悪妻説は、漱石を神格化しようとする弟子たちから唱えられたのである。実際漱石とその弟子たちの間は、ホモに似た心情も揺曳(ようえい)しているのではないかと思われるほどだ。こんな師弟関係は明治ならではのものだろうと思っていたら、長谷川如是閑(にょぜかん)が「あれは明治でも珍しい」といっているので、なるほどと思った。

で、弟子たちは毎週木曜の面会日を待ちかねるようにおしかけたのだが、そこの奥さんが悪妻でみなが集まるものだろうか。集まって、飯を食う、金を借りる、泊ってゆく。奥さんが悪妻で、そんなことがあり得るだろうか。

漱石は、夫人の鈍感と大ざっぱな人柄に、たしかにカンシャクを起すこともしばしばであったが、そういう夫人の人柄にかえって安らぎをおぼえる半面もあったのではないか。何はともあれ漱石は、夫人との間に七人もの子供を作っているのである。

とはいうものの、夫人の通俗ぶりには、興ざめを禁じ得ないことはたしかだ。「思い出す事など」や漱石の書簡などに出て来る出来事が、夫人の「思い出」になると、同じ事柄でも人によってこうも印象が変るのか、と嘆息せざるを得ないほど俗化して描かれる。

いわゆる修善寺の大患のとき、日本国中からの見舞客や手紙を受けて漱石は感謝にみちあふれ、「肩に来て人懐しや赤蜻蛉」という心境になった。

いま、こんな無私の敬愛を受ける作家、あるいはどんな職業にしろ、そんな人物があるだろうか、と私は考えていた。

ところが森田草平によると、実はこれも鏡子夫人が全国のありとあらゆる知人に「ソウセキキトク」の電報を打ちまくった結果なのだそうである。肩に来た赤蜻蛉は自然にとまったのではなく、釣り竿でつかまえたものであったのだ。——おそらく現実というものは、これまたこういうものなのだろう。

もっとも漱石自身は、病院で「思い出す事など」を書いた時点では、右のことを知らなかったにちがいない。しかし、あとでは当然知ったのではあるまいか。

草平が、大患以後、漱石の人格が新境地に入ったという説に、そんなはずはない、小説の上でも、最後まで則天去私の徴候など認められない、といっているのに私は同感する。

おばあさん子の芸術

おそらくその全作品を読んだのではないかと思われる作家は、私の場合、漱石と百閒だけのような気がする。

それはその作品の全量が、あまり厖大なものではないためもあるが、しかし、やはり敬愛の念があるからにちがいない。そのせいか、この御両人にかぎって、どちらもその名の下に先生をつけなくては落ちつかないような気さえする。

といっても、長年の間に、折にふれて、といった読み方で、しかもそれらの文章を読むだけで満足して、それ以外百閒先生の研究に類するものを特に読んだこともないので、私のいうことなどは、すでにどなたかが述べられているかも知れない。

百閒の作品は、大体において、日常身辺の随筆と、怪談幻想のたぐいのものとに大別されると思う。むろんその中間に属するものも少なくない。

百閒の身辺日常の随筆の面白さは、パラドックスの面白さである。百閒の諧謔は、逆説の可笑しさである。テーマのみならず、その会話、それどころか地の文章までほとんど逆説から成り立っているような作家は、日本では珍らしい。（評論家としては近来山本夏彦氏があるが）

外国人にもそれほど多くない――特に百閒の専門？　のドイツ文学者には少ないように思われるが――パラドックスの本家英国には、さすがにその例乏しからず、すぐ頭に浮かぶのは、スウィフトとチェスタートンである。

江戸川乱歩は、推理小説の最高峰にチェスタートンをあげたが、私も日本でチェスタートン風の推理小説の書き手があるとするなら、甚だ突飛な説だが、唯一の人は百閒先生だろうと考えたことがあった。ただしチェスタートンのパラドックスの目的は、結局読者に一杯くわせることにあり、資性剛直高雅な百閒先生は、そんな手品のような芸当は思いもよらないに相違ない。

では百閒のパラドックスはどこから発生したのだろう。それは百閒が、少年時代から漱石に惹かれたのを見てもわかるように――「吾輩は猫である」にはパラドックスが横溢している――生来のものといえばそれまでだが、別に私は一理屈考える。

私は、百閒の人柄も行状も、その書かれたものから想像するほかはないのだが、百閒先生はどうも他人との接触にきわめてぶきっちょな人ではなかったかと思う。すでに若年時、あれほど憧憬した漱石の弟子に加えられながら、直接漱石に話しかけることも気おくれして、いつもほかの兄弟子連のうしろで固くなってかしこまっていたように見える。その後、百閒流の表現によれば「劫を経て」さまざまな人と対談を重ねるようになっても、とうてい同時代の辰野隆博士や徳川夢声のように、円転滑脱というわけにはゆかなかったように見える。

これが世によくある水分のまったくないガンコジジイに似て、実はそうではない。漱石に対する恭敬の念、芥川龍之介や宮城道雄に対する友愛の情、あるいは飼猫や飼鳥に対する愛情など――それらについての文章を見てもわかるように、その厳然たる皮膚の内部に、ひとなみでない熱さとやさしさとナイーヴな魂をつつんでいる人であった。

この矛盾には、万事につけ、若いころから百閒自身当惑し、苦しんだにちがいない。百閒のパラドックスは、この悩みから生み出された一種の逃避の心理的カラクリではなかったか。

それからもう一つ、百閒の怪談幻想趣味だが、これも同様の心理から出現したのではあるまいか。

しばしば小説中にお化けを出した作家に鏡花がある。鏡花の場合は、江戸時代の草双紙の影響もあるかと思うが、たとえ幽霊は出て来なくてもその小説はもともと異次元の世界であった。彼からすれば、この現世がすでに異次元なのである。

百閒の場合も、表現のニュアンスはちがうが、現世を異次元の笑いの世界化している。どこかスウィフトとの共通点を感じるのはそのためだ。現世に何か違和感をおぼえ、現実には大借金に苦しむ百閒を救うのは、この世とあの世を逆転するパラドックスの操作であったと思う。高利貸しをあの世の人間と思えばいいのである。ただの怪談趣味ではない。

これも一種の逃避のカラクリだが、しかし江戸川乱歩はいう。「逃避文学というものは、決して世にいわれているように下等なものではない」

百閒の場合は、その最も高度なものであった。

さて、それではこれらの心性はどこから来たか。

私は、百閒が幼少時から徹底的に祖母の溺愛によって成長した、いわゆるおばあさん子であったことが大影響していると思う。

だだッ子、ワガママ、ツムジまがり、甘えん坊——そんなおばあさん子によくある特性が、本来の強情のために途中で矯正されないで、そのままニューッと大人になった。威風堂々たる百閒を甘えん坊というのは可笑しいようだが、その前半生を苦しめた高利貸しからの大借金も、おそらくおばあさん子らしい、金銭に対する不用意、無計画から発生したものではなかったか。

いかなるマイナスの条件でも、逆にそれをプラスの道具に変えてしまうのが作家というもののありようである。

その通り百閒先生は、右のようなおばあさん子の特性をそのまま高く大きくして、あのような比類するものもない独特の高峰をつらねたのではあるまいか。

「神曲崩壊」について

人も知るようにダンテは「神曲地獄篇」のさまざまなインヘルノに、実在の同時代人を投げこんでいる。それを読んで、以前から私は、その日本版が書けないだろうか、と考えていた。しかし、結局どう書いても茶番になるだろう、と判断してあきらめてしまった。

が、そのうち再考して、いやこのアイデアは、ダンテのようにゲンシュクなものではなく、徹底的に戯画化し、パロディ化し、ナンセンス化すれば、ひょっとしたら成り立つかも知れない、と思い直して、やってみる気になった。

結局「地獄めぐり」という形態にならざるを得ないが——「神曲」だってその通りである——「地獄めぐり」という名は古めかしいけれど、事実として日本で、「地獄めぐり」の話を書いた人はないのじゃないか知らん、とも考えた。

しかしナンセンスといっても、人を笑わせるのは難しいですね。泣かせるほうがはるかに易しい。だからテレビのお笑い番組でも、別に録音した笑い声を間断なく挿入して、強制的に人を笑わせるしかけをしている。で、書きながら、これは難しい、と嘆じ、やっぱりこれは茶番になったかなあ、と弱気になりながら、一方で私は、ひとつこれから先は、抱腹絶倒小説という新分野に挑んでみようか知らん、という大それた野望をいだいたりした。

考えてみると、私にとって新分野でもないかも知れない。そもそも私が以前に書いた忍法小説なるものがナンセンス小説であったのだ。

それから、同時代人を出すといっても、やはり実際問題として限界があることも痛感した。――ともあれ、わがインヘルノに登場させられた方々には申しわけないが、ナンセンスとして御一笑のほど願いたてまつる。

ところでこの「神曲崩壊」に、平賀源内の「痿陰隠逸伝（なえまらいんいつでん）」の文章が出て来る。

実は私はこれをいま、八百の蓼科の山荘で書いている。それで右の源内の本も、自分の「神曲崩壊」の切抜きも持って来ていないので、その原文を参照できないのだが、とにかく摩羅とかぼぼとかいう怪文字が乱舞充満する天下の奇文である。

そして、その「神曲崩壊」の単行本の担当者が、それはきれいな佳人なのだが、校正についてはむろんきびしく、だからこの美人と「摩羅にも白摩羅ありイボ摩羅あり、とありますが……」とか、「ぼぼの広きをいとわず、尻の狭きを怖れず、というのは……」なんてことを大声に口にせざるを得なくなったのには、そのときは青筋たててやり合ったものの、あとで抱腹絶倒した。

ひょうしぬけ

「下男から見た主人に英雄はいない」

イギリスにこんな諺があるそうだ。

いかなる偉人豪傑であっても、一日二十四時間ことごとく偉人豪傑の言動で通すわけにはゆかない。生きていれば人間は、糞もすれば金勘定もする。

事実、彼がなした一つ二つの功業以外は、まず凡庸な日常であるか、あるいは欠陥だらけの人間が大半なのである。それにまた、どんな人間またはその行為に対しても、悪口を言おうと思えば言えないことはまずない。

とりわけ英雄など必要ない現代では、一朝目ざむれば天下の人が一夜暮れればお縄つきになる光景を見ても、だれも驚く者はない。

それどころか、みな、一皮めくればこんなものだろう、と、したり顔でうなずく。

そうはいうものの、現代の人ではなく、昔の人で敬愛の念が定着している人物に、ふと思いがけない一面のあることを知った場合、べつに幻滅したとかショックを受けたとかいうほど大ゲサなものではなく、これはこれは、という程度だが、やはり一種の違和感をおぼえることはどうしようもない。

東郷平八郎の名が教科書にのったというのでひと騒ぎがあったが、東郷は日本のネルソンである。日本の子供に教える教科書にのせるのに何のはばかりもない。

日本海海戦で、東郷はロシアのバルチック艦隊を全滅させたのだが、もしあのとき完勝しなかったとしたら、それでなくても貧血状態にあった満州の日本軍は、たちまち補給を絶たれて命脈がつきたであろう。東郷は日本の守護神であった。

それ以後も国民の目には、東郷平八郎は日本の最大の守護神的存在であった。勝って驕(おご)らず、「沈黙の提督」として、ただ存在するだけで日本を盤石(ばんじゃく)の安きにおく神将として国民の畏敬のまとであった。

この東郷が、昭和五年のロンドン軍縮会議に際し、アメリカ側からの海軍の兵力は対米七割以下にせよという要求に、日本側の全権財部彪(たからべたけし)海相が押し切られそうになった形勢を見て大激怒した。

財部が夫人同伴でロンドンへいったときいて、東郷が、

「軍縮会議は外交戦争じゃ。戦争に日本の全権がカカアを連れてゆくとは何事か！」

と、財部を叱咤したという挿話を読んで(朝日新聞「元帥の晩年」)私はちょっとショックをおぼえた。

国際会議に夫人を同伴するのは、現代のみならず当時から外交儀礼の慣習であった。そんなことを東郷は知らなかったのか、と嘆声を発しないわけにはゆかなかったのである。

おそらく憤激のあまり、当時八十四歳の大老人は出身の薩摩っぽうぶりをまる出しにしたのだろう。

いまの女性時代には、途方もない蒙昧野蛮のきわみの罵声だ。

われわれは歴史上起ったことを現代の目で批判するほかはない。が、モラルと価値観の問題だけは後世のものさしをあててみても無意味ではないかと思われることがあるのだが、それにしてもである。

いやしくも聖将と呼ばれている人物が、「カカア同伴とは何事か」とは何事か!

とにかくこのエピソードは、私の東郷聖将観に一太刀あびせたことは事実である。

しかし、これはいわゆる偉人英雄の話である。昔から偉人伝英雄伝は半分以上、眉唾的なエピソードで占められている。

東郷平八郎像も、彼の私設提灯持ちの小笠原長生中将が作りあげたもので、それによって知らず知らず神格化された東郷像に影響されていた私などが、ちょっとしたショックを受けただけなのかも知れない。

ところで英雄伝ならぬ人物伝として面白いのは、やはり文学者が多い。本人が英雄意識などない上に、その記述者も人を英雄視しない文学者が多いからである。

が、それでもその作品により、いつのまにか畏敬すべき人として印象されている対象が、こちらにとって意外な一面を持っていることを知らされると、実にささいなことであってもこちらは「ウーン」と、ひとうなりすることがある。

「茉莉（まり）がおとなしすぎるといふのは実にありがたい。がじゃ〳〵しゃべってむやみにちょこ〳〵せられては一番こまる。どうかなる丈（たけ）しずかになるやうにしておくれ。おたのみだから。（中略）此（この）手紙の中に少し金をいれてあるがもしなくならずにとどいたらおまへさんの好きなものなり茉莉のすきなものなり買っておくれ。しかしおなかのいたむやうなものを買って食べるのではないよ」

「五月三十一日のお前さんの手紙が来た。それから花よめぎみのお写真もつゝがなくお着（つき）になって安心した。（中略）いまも机のまへに立ててあるのだが、ほんとに立派だねえ。一寸（ちょっと）見れば、威があってよく見れば愛敬（あいきょう）があって何ともいへないいい花よめさんだよ。此（この）写真を見るとおれのかみさんだなんぞといふのはすこうし気の毒だが、まあどうかした気まぐれで来たもんだから大まけにまけておれのところにゐてもらはうよ。さてそうきめて机の上にかざっておいてみると一しょにゐるような心持がしてお役の事やなんかで少しはいやな事があってもおこらないですむ。（下略）」

「（前略）すこしお頼（たのみ）があるよ。外（ほか）でもないがあの花よめさんの写真のきもののねえ。あれを袿から小袖、帯、持ちものまで地質はなに、染色（そめいろ）は何、何のぬいもやうといふやうにわかるだけくはしくかいてよこしておくれ。（中略）きっとだよ、あばよ」

これ、だれの文章だと思いますか？

驚くなかれ、森鷗外である。明治三十七年日露戦争で第二軍軍医部長として満州に出征した鷗外が駐屯地から妻のしげ子に送った手紙である。

明治二十一年、留学先のドイツから帰国した鷗外は、ドイツ娘エリスがあとを追っかけてくるという騒動をひき起し、狼狽（ろうばい）した森一家の手で赤松男爵の娘登志子といそぎ結婚させられたが、翌年離婚した。鷗外のほうからの相当強引な離婚であった。のちに鷗外は登志子について、「眉目妍好（びもくけんかう）ならずと雖（いへど）も色白く丈（たけ）高き女子なりき」と回想している。美人ではなかったというのである。離婚にはほかにいろいろ理由もあったようだが、思うにほんとうのところは、彼女が色は白くても美人でなかったというのがいちばん大きな理由ではなかったか。

それから十二年の独身生活を経て、明治三十五年、数え年四十一歳で彼は判事荒木博臣(ひろおみ)の娘で二十三歳のしげ子と再婚をした。

こんどの花嫁は、鷗外が友人への手紙に、「好イ年ヲシテ少々美術品ラシキ妻ヲ相迎へ」と書いたほどの美人であった。翌年、長女茉莉が生まれた。

右の手紙は途中省略してあるが、実はみんなもっと長い。それを戦地から二日おき三日おきに出し、お前の返事はまだこない、と鷗外はじれている。悲鳴にもきこえる。文中花よめの写真云々とあるのは妻しげ子のことである。べつに花嫁姿をしているのではないが、結婚してまだ二年ほどのしげ子は鷗外から見てまだ花嫁に見えたのだろう。若い美しい妻の写真に、征露第二軍軍医部長どのは鼻の下を長くして何べんも見とれていたらしい。

茉莉はむろん後の森茉莉さんである。いや、そのときも森茉莉さんにちがいないが、あの森茉莉さんに「おとなしすぎる」時があったのだ。もっとも赤ん坊時代だが。

このあいだ、鷗外は前妻との間に生まれた長男於菟(おと)にもハガキを書いているが、こちらの文面は、「不相変(あいかはらず)戦争中」あるいは「只今いそがしい最中」など、ただ一行、それだけ、木で鼻をくくったようなそっけなさだ。

とにかく鷗外がこのころ、この十八歳年のはなれた妻をいかに溺愛していたかがわかる。手紙によっては、最後にふざけて「やんちゃのしげ子どの」と書いたものもある。

「やんちゃ」と呼んでいるせいか、なんとなく秀吉のおちゃちゃへの手紙を思わせるが、しかし八方破れの秀吉ならまだわかる。が、これを書いたのが威儀厳然たる鷗外漁史源高湛（ぎょししみなもとのこうたん）であろうとは！

「きっとだよ、あばよ」とは何だ？　ゆびきりげんまんじゃあるまいし。

再考すれば鷗外のこの手放しの鼻下長（びかちょう）ぶりはほほえましい。「きっとだよ、あばよ」なんて調子の小説をもっと書いてくれていたら面白かったろう。また、わずか五年後には、この奥方との不穏状態をえがいた「半日」という小説を書くようになるのだから、夫婦仲というものはわからない、と人生の無常を感じたりする。

それはそうだが、巌（いわお）を刻んでそびえ立っている巨像のような印象に覆われている当方にとっては、その巨像を仰いでいるうちにバナナの皮にすべって、尻もちをついたような感なきを得ない。

続・ひょうしぬけ

鷗外の次は漱石だ。

漱石と弟子たちの親愛ぶりは有名だ。漱石は仕事をするとき前垂れをかけ、セピア色のインクを使ったそうだが、弟子たちはみなそのまねをした。漱石は笑うとき、鼻の片側にちょっと皺（しわ）をよせたが、弟子たちはその笑い方までまねをした。

明治の師弟とはこんなものであったか、と私は感心したが、長谷川如是閑によると、漱石師弟の仲は明治でも珍らしい例だそうだ。

現代からするとホモ気もあったのではないかと疑われるほどだが、むろんその最大の理由は、漱石の「思いやり」にあったと思う。

その死後、漱石山房を訪れた弟子の一人芥川龍之介は回想していう。

「十月の或夜（ある）である。わたしはひとりこの書斎に、先生と膝をつき合わせていた。話題はわたしの身の上だった。文を売って口を糊（こ）すのも好い。しかし、買う方は商売である。それを一々註文通り、引き受けていてはたまるものではない。貧の為ならば兎(と)も角、慎(つつし)むべきは濫作(らんさく)である。先生はそんな話をした後、『君はまだ年が若いから、そういう危険など考えてはいまい。それを僕が君の代りに考えて見るとすればだね』と云った。わたしは今でもその時の先生の微笑を覚えている」

漱石が、十人十色の弟子たちの身になって考えてやったことは、その慈愛にみちた書簡集からも明らかだ。

その漱石が。——

人も知るように漱石は、明治二十八年から二十九年にかけて一年ほどのあいだ、四国松山で英語教師をやったあと、こんどは九州熊本の五高に転任している。

このとき教え子の一人に寺田寅彦がいたことは有名だが、その同級生に木部守一という人がいた。のちに外務省にはいり、さらに満鉄関係の会社の社長となった人である。

彼はこの五高で、他の学生たちともども、担当の英語教師が気に入らず、それより物理の田丸卓郎という先生のほうが英語もよくできるという評判で、この先生にさしかえてくれるように、英語の主任へ談判にいった。

英語の主任は夏目金之助先生であった。この学生の要求に対し、夏目先生はどう応対したか。

「その時の私どもに先生の与えられた印象は、後年先生が盛名を馳せられてから以後、世間に与えられている印象と頗る異なっておりました。別に横柄でも威張っていられたわけでもなく、無理な註文を持っていった私どもに対しても、しごく穏かに応対されましたが、かなり官僚的であるという感じがしました。

その時先生の挨拶は『○○先生は高等官何等の人で、総理大臣が奏請して任命され、校長から適当と認めて君らの級を担当せられたのだから、君たちの意見によって取換えられるべき筋合のものではない』というような意味合いであったと記憶します。

（中略）先生の答弁がいかにも形式的で、それに先生の口吻態度もいささか気障に感じられました。そのころの先生は少しあらたまると、顎をしゃくってものをいわれる癖がありました」

それからまた別のとき、木部の友人の一人が病気で卒業試験を受けることができず、落第すれば一年留年することになるがそれは家庭の事情が許さない。是非追試験を受けさせてやりたいが、そのための条件である成績が少し足りない。で、そこを何とか大目に見てやっていただけないか、と木部は先生の自宅へ必死の顔で請願にいった。

「するとその時の先生の挨拶に、『なに、落第というものはそんなに悪いものではない。人間の一生には一年くらい前後しても大したことではない。僕も一年落第したことがある』といってその例を示されましたが、どうもそれが自分のこせつかない、点数や及第に超然としたところを私にイムプレスするように受けとられました」

オヤオヤである。「君の代りに考えてみる」どころではない。

これでは夏目金之助先生は、「坊っちゃん」どころか「赤シャツ」に近い。「坊っちゃん」が漱石自身だとはだれも思わないだろうが、しかし校長の「狸（たぬき）」に対する軽蔑（けいべつ）や「うらなり君」に対する同情ぶりなど、漱石とは相通じるものはあるだろうと思われるのに、こういう一面を見とがめた生徒もいたのだから、世のなかはゆだんができない。もっとも木部氏は、漱石先生はその後修養して大人物になられたのだろう、とつけ加えている。

思いがけぬ事実といえば、寺田寅彦にもそれがある。

彼の妻紳子夫人は、二人の妻に死別した寅彦の三番目の妻で、寅彦の晩年十七年半を共にしたが、寅彦は、母のちがう子供たちがふえてはあとあと悶着（もんちゃく）のもとになるといって、ついに紳子とはいちども夫婦生活をしたことがなかったという。

寅彦の死ぬ少し前、見舞いにいった幸田露伴は、病床の寅彦に対する紳子夫人の取扱いのとげとげしさに、「寺田君よりおれのほうがまだましかも知れない」と眉（まゆ）をひそめてつぶやいた。露伴も有名な悪妻を持っていたからである。しかし露伴は紳子夫人の悲劇を知らなかった。

　これは、ひょうしぬけするどころの話ではない。

　さて明治以降の作家で、これから五十年たってもなお百万の読者を持つのは右の漱石と吉川英治だけかも知れない、と私は考えているが、吉川英治の作品とともに、それ以上に、その誠実、情愛、気くばりにみちた人柄をたたえる文章は多い。

「吉川英治全集」（第一次）の月報はその讃歌集だが、そのなかで佐佐木茂索がかいているものに、ちらっとふしぎな一節が眼にひっかかった。

「人も作品も、その実質以下に評価されるということは、ままあることだが、吉川英治に関する限り、時に過褒にと感じられることがないでもない」云々。

　少し褒めすぎだ、というのである。

　佐佐木茂索は当時文藝春秋の社長であったが、元来は作家でもあった人であった。だから作家らしくズバリと遠慮のない口をきくことがあった。

　そのあとは全集の月報の慣例に従って過褒の文章にもどるのだが、この一節について問い返されれば、彼はおそらく右の見解を否定はしないだろうと思われる。

　その吉川英治のライヴァルと目された人に大佛次郎がある。大佛次郎といえば「鞍馬天狗」である。

そして鞍馬天狗といえば嵐寛寿郎である。

そのアラカンの「鞍馬天狗」を数多くとった映画監督の並木鏡太郎がこんなことをいっている。

「原作だっていいものはせいぜい二、三本です。その程度のものなんです。天狗の原作は、あとは寛寿郎さん、つまり映画が創(つく)っていた部分が非常に多いんです」(「血矢夢馬羅(チャンバラ)」平成四―一)

いいもいったり、と思うが、「鞍馬天狗」を映画化しようと悪戦苦闘した人の実感だろう。

知性の作家大佛次郎は、アラカンの鞍馬天狗がチャンバラばかりやっているのを嫌って、アラカンの天狗を禁止し、ほかの俳優を抜擢(ばってき)したが、アラカン以外の天狗はすべて成功しなかった。そしてアラカンの鞍馬天狗が消えるとともに、本体の鞍馬天狗そのものもこの世から消えてしまった観がある。

この随筆は、ある人物の思いがけない一面にひょうしぬけした逸話を書いているつもりだったのだが、「あたっているかも知れない悪口集」にもなったようで、これまでと話のすじが少しちがうが、もう一つ、悪意のない、とんだ嘘(うそ)っぱちの例を紹介しよう。

江戸川乱歩は世に出る前の若いころ、しばらく三重県鳥羽の鳥羽造船所電気部なるところに事務員として勤務していたことがある。そのころの同僚小田島という人が回想してこんなことをいっている。

強いのは「酒の方ばかりで、徹夜で飲み明かしても翌朝はケロリとした顔で机の前に座っている」豪傑であった、と。

嘘つけ！　乱歩氏は酒はまったくいけず、晩年に至って飲むつき合いに、一杯のビールに口をしめす程度であった。乱歩氏を知らない人が伝記を書いたら、こういう記録をつまみ出して大嘘の伝記を書くかも知れない。

そして、こういうことはあらゆる伝記にもあるかも知れない。これなどはまだ悪意のない、錯覚、記憶ちがいによるものだが、もし交わりはあっても悪意のある人間に語らせたら、とんでもない嘘ばなしがまじりこむおそれがあるだろう。

ばかばかしいお笑いを一席

推理小説をずいぶん書かないで、このところナンセンスな忍術小説ばかりかいてきた。

あまり妙なことをかくので、よく発想法をきかれる。発想は、正直なところ「苦しまぎれ」というよりほかには何もない。ほかのひとはどう思ってるかしらないが、僕自身はもっとも尋常な人間のつもりでいる。見わたしたところ、推理作家のうち、いちばん正常なのは僕じゃないか知らん、と考えているくらいである。ほかの方々、みなさんオカしいですゾ。

しかし、人工衛星のとぶ一九六〇年代に、荒唐無稽な忍術小説をかくなど、まったく以て時代錯誤だ。あんまりレアリズム小説がはやるから、徹頭徹尾、荒唐無稽な小説をかいてやろうと発心して、そのムホン気だけでかいたようなものだが、郎君独寂寞(ろうくんひとりせきばく)の感がないでもない。

ただし、名実ともに「大人」と思われる読者から、よく手紙をもらう。人間はどれほど高級？　になっても、結構こういうものを面白がる部分を脳髄の一部分にとどめているらしい。もっとも、お子供衆なんかに読まれてはこまる小説であるが。「忍秘伝」とか「伊賀者大由緒記」とかを送ろうかといってくれたり、送ってくれたりした人もあるが、正直なところ僕の忍術小説にはあまり役に立たない。僕のかいているのは、史上に実在していた忍者なるものの生態の探究ではなくて、ナンセンス小説だからである。

ただアイデア一点ばりにかかっている小説だから、原稿のメ切になってもアイデアが出ないと、お茶をにごす便法がなくて困惑その極に達する。しかも、アイデアを量的に必要とするのである。乱歩先生が自作の「赤い部屋」を解説されて、あの中のトリックを独立させないで大量にならべたところに味噌がある。というような意味のことをいわれていたが、僕の忍術小説も理屈だけはおなじような点があって、ひとつひとつはばかばかしくても、量的にくり出してはじめてウンといわせる気味があるからである。そういえば、これは推理小説のトリックを考えるのとおなじだな、と思ったこともある。あれは合理の結晶、これは非合理のかたまり、両極端ではあるけれど。いくら非合理、デタラメ、荒唐無稽の極みだといっても、それはそれなりにつじつ、まが合って、一つの世界を形づくらなければならないので、タネは無限というわけにはゆかない。まさか飛行三千里もかけないし、「それがどうした」といったらそれでオシマイ、というアイデアでもこまる。

いつであったか、人間が一塊になると、どれくらい体積があるものかと知る必要が生じて、夜中にふいに風呂場に入って、残り湯に頭も何も沈没させてみた。ふえた分だけの湯をくみ出して、一升瓶につめかえて計算しようというアルキメデスそこのけの実験である。いや、狐が化かすまえに藻を頭にかぶるようなものかもしれん。

高校にいってる親戚の娘が遊びにきていて、深夜風呂場でひとりさわいでいる音をきいて、「何してるの」ときいた。「僕の体積を計ってるんだ」と憮然として答えたら、おなかをかかえて笑い出し、しまいには苦しがってヒーヒーという声をたてはじめた。忍術小説をかくのもラクじゃない。

水上を自由に走る忍者があってこれと対決するのに、それと足の裏を密着させて逆さになって水中を移動する忍者を設定したことがある。ただし、陰と陽との裏返し、というもっともらしい意味をもたせて、からだのむきは正反対とする。これが同時に斬りつけたらどうなるか。いちど図解してみたが、何が何だかよくわからない。そこで、

「おいおい、ちょっときてくれ」

と、女房を呼んで、おなじ姿勢で平面的にためしてみて、

「なるほど、こうなるか」

と、はじめて納得すると同時に、謝国権先生の「智慧」を諒としたことがある。

また、幼稚園にいっている女の子と風呂に入っていたら、彼女何をかんがえたか、

「お父さんのおちんちん、まわすと、とれるノ？」と神秘的な表情でいった。

あまり奇抜な疑問なので吹き出したが、急に両腕こまぬいて、「これがラジオの部分品のさしこみかネジみたいにとれて、分解掃除か新品取換ができたら、さぞ好都合だろうな」と考えた。これで一丁あがり、というわけである。何しろ奇想天外な幼児の発想にもとづくのだから、読者が作者の頭の構造を怪しむのもむりはない。

十何年かかって長篇推理小説というとたった一篇しかかけない男が、忍術小説となると、二、三年のあいだに十篇ちかくひねり出したところをみると、たんにムホン気ばかりじゃなく、やっぱりこりゃどこかオカシイのじゃないかな、と自分でも不安になってきたが、しかし作り出した忍者は百数十人、さすがにもうタネが尽きたような感じである。

僕としては、ほかの人が同じ性質の忍術小説をかこうと思っても、ほかにあまり考

えられないのじゃないか、という気さえしている。

本格推理小説の未来学

乱歩自身の言葉であったか、他からの評語であったか忘れたが、「江戸川乱歩の通俗探偵小説は功罪相半ばする」という批評があったような気がする。

迂闊（うかつ）なことに私は、これを「乱歩の通俗物は、いわゆる探偵小説の読者を非常にふやした功はあるけれど、反面また探偵小説を甚だ低俗なものだと印象づけた罪もあった」という意味に解釈していた。

乱歩はしかし一方で、いわゆる本格探偵小説を指向し、とくに戦後はその鼓吹に努めた。それについてのおびただしい評論は、懦夫（だふ）をも起（た）たしめる力を持っていたことは人の知る通りである。そして、その評論のいたるところで、本格探偵小説がなかなか日本で発達しないことについての嘆声が聞かれた。

先日、機会があって私は横溝さんに聞いた。

「本格物が実に面白いものだということが、どうして戦前に知られなかったのでしょうね」

「そりゃ乱歩さんのせいだよ」

と、横溝さんは答えられた。

「乱歩が、〝蜘蛛男(くも)〟とか〝黄金仮面〟とかで大受けに受けたものだから、探偵小説とはこういうものだ、これに限ると雑誌社のほうでも思い、ほかの作家もみなそう思い込んだからだよ」

ここにおいて私は、乱歩の通俗物の「功罪相半ばする」意味を、はじめて了解したのである。すなわち乱歩さんは、あれほど自分が指向し、希望した本格物隆盛の道を、自分で封じてしまったのだ。乱歩の悲劇というべきであろう。

この問題に関する江戸川乱歩の悲劇は二重になっていて、私の見るところによれば、もう一つある。

それは右の通俗物が――いわゆるエログロものが、乱歩のある種の抵抗感にもかかわらず、その資質に必ずしも背叛したものではなかったということである。むしろ本格物は、御当人の希求にもかかわらず、どこか合わなかったのではないか、と思われるふしがあることにある。変な譬(たと)えだが、本人はバリトンで歌いたいと思い、その発声法も熟知しているのだが、声帯からは民謡みたいな声しか出て来ない、といった感がある。

　だから乱歩の作品には、その本格指向をエログロがじゃましている、というより、そのエログロの世界を本格好みが妨げている、と思われるもののほうが多い。乱歩自身の世界では、その本格物への拘泥がむしろマイナスになっているように思われる。

　人間にはしばしばこういう悲喜劇が見られる。エログロ必ずしも低級ならず、これはこれで一つの芸術になり得ると私は考えているけれど。——

　もっと低い次元での例をあげると田中角栄だ。

　田中角栄の一生の望みは、まさか目白の御殿じゃなかったろう。彼としては、やっぱり日本の最高指揮者としていかんなく能力をふるいたかったので、金力はそのための手段のつもりであったろう。ところが、その手段に過ぎない金力の製造過程で、彼は転んでしまったのである。はたから見れば、金力の象徴たるあの目白御殿を捨てさえすれば、国民的嫉妬から逃れてもっと大自在力が発揮出来るものを、手段とはいえ、一方で、彼に私財にも大いに執着するところがあるために、それに文字通り金縛りになって、さらに飛翔するかんじんの魔力を失ってしまったのだ。馬鹿げた譬えで申しわけないが、乱歩さんの本格物指向は、この目白の御殿みたいなものであったような気がする。

しかし、乱歩の本格物翹望（ぎょうぼう）の情熱の純粋性は疑うことは出来ない。

「やっと乱歩さん待望の時代が来たのじゃありませんか」

と、私はいった。

本格的推理小説の面白さは、他の分野の小説の面白さとちがって、読者も知的ゲームに参加出来るという点にある。少なくともそんな錯覚を起させる点にある。このごろは、スポーツでも芸能でも、たんなる見物ではなく、それに参加することを望む人々がふえているそうだが、その希望にそえる小説など、本格推理小説以外にあるはずがない。

それに、本格推理小説がこれからますます隆盛におもむくだろうと見られる理由がもう一つある。

私の感じでは、小説雑誌というものは、これからだんだん出す方も書く方も採算が合わなくなって来るような予感がする。しかしある程度の読者はあり、またどうしても小説を書きたい、という希望者も消えることはなかろうから、そこで予想される形態は書き下ろしの単行本ということになる。

一期一会（いちごいちえ）という言葉があるが、一般読者にとって、推理小説は「一回」に価値がある。雑誌で犯人を知ってしまったら、それを単行本で読む魅力は半減する。（だから、世の中で一番悪質ないたずらは、古本屋の推理小説の冒頭にエンピツでその犯人の名を書くことだ、という笑い話があるくらいだ）逆にいえば、それだけ書き下ろしの推理小説に魅力があるということになる。この見地から、出版する方にとっても、いちばん危険性の少ないのは、少なくともそう見えるのは、やはり本格推理小説ということになる。

それに作者としても、データーに対する読者の記憶力の点から、なるべく一挙に読んで欲しい必要があるから、やる気にもなるだろう。

げんにいま、書き下ろしの小説といえば推理小説が大半だという事実が、右の理由を説明している。

で、まあ、本格推理小説の未来は洋々たるものがあるのだが、こんなことをいってる当人にはその能力がないのが残念である。

V

禅

スイスの田舎を旅行したとき、ちょうど日曜日で、いかにもお百姓さんらしい骨ぶとの男女のむれが、正装して神妙な顔で三々五々と歩いているのと何度もすれちがった。おそらく教会へゆく途中か、その帰りであったのだろう。

こういう風習は、いまの日本にはない。しかし「お寺詣(まい)り」という言葉があったように、江戸時代にはあったのである。ふだん日本人が意識していない日本だけのへんてこさの一つに無宗教ということがある。これほどの、まあ一応の「大国民」で宗教がないということは何としても異常なことである。この宗教の束縛のないということが日本を一応の大国に仕立てあげた大きな理由の一つではないかと思われるふしもあるけれど、同じ理由が日本人を外見的にも内面的にも何となく落ち着きのない国民にしていることも事実である。

私なども死んだときは無葬式にしてくれ、少なくとも坊主を呼ぶことはかんべんしてくれと家人に申し渡してあるくらいだが、べつに何らか確信あってのことではなく、坊主に対する不信感からで、きわめて消極的な遺言である。

これについて何となく心細さを感じながら、こっちが変なのではない、坊主の方が悪いんだ、と私は心中に呟いていた。私の眼にうつる坊さんの漠然たる印象は、葬式のときだけやって来てワケのわからないお経を唱えるだけで、あとの日常は「魂の指導者」どころか——私の子供が小さいころ、京都のお寺をつれて回ったとき、仏像の手を見て、あれお金ちょうだいっていってるんでしょう、といったくらい——観光業に堕しているか、あるいは常人以上のエロ坊主、といった印象であった。

ところが、最近「禅」というレコードを聴いて、その印象を大いに改めた。いささか感動さえもした。

これは加賀の永平寺の、未明、雲水たちの起床から、座禅、般若心経の大合唱、さらに禅問答などをそのまま録音したものだ。全然演出していないので、お経のあいだの咳ばらいなど、耳ざわりではあるけれど、それだけに迫真性がある。

仏教にさして関心のないことは最初に白状したとおりだが、読経の声はふしぎに胸をなごませる。心を落ち着かせる。——いま気がついたことだが、坊さんをあまり買ってない私が、いわゆる禅坊主だけには、観念的に敬意を抱いていた。禅坊主だけは坊さんらしいという感じはしていた。

ただし、まったく観念的なものであって、いわゆる「禅問答」など、文字では読んでいたが、実際にその実況を耳にしたのは、このレコードが最初である。

「いかなるか、これ祖師伝、如来心」

若い僧が聴く。老僧が答える。

「祖師伝、如来心はおのおの知れ、ただこれ諸修行正伝の王三昧（ざんまい）安坐せよ」

そして介添え（?）の声が音吐朗々とひびく。

「尊答、謝したてまつるウ――」

字で書けばこんなことで、世にわけのわからないことを禅問答というように、私にもちんぷんかんぷんであるが、声として聴くと、はじめ私は、大学の運動部の先輩後輩、ないし軍隊の上官と兵の間の叱咤（しった）を彷彿（ほうふつ）とした。しかし壮絶であり、厳粛であり、まさに「男の世界」だけの美がここにある。

「尊答、謝したてまつるウ――」

などいう言葉は、いまでは歌舞伎以外に現実に使用されているのはここだけであろう。江戸時代、いや鎌倉時代以来、日本人はこんな言葉をこんなふうに発声していたのだな、などと改めて生々（なまなま）しく感じさせる。

百人の禅僧による読経の大合唱も、私にはむろん意味がわからない。意味はわからないが、一種の快感をおぼえさせられるのは、性質はちがうけれど歌舞伎のある種のせりふのやりとりと同様である。ついでに感ずる疑問だが、外国のオペラなど、こんなにわからないで聴いている観客があるのだろうか。

坊さんたちがお経を唱えながら托鉢に出かけてゆくところがある。このお経の声に、澄んだ鈴の音、清冽なせせらぎのひびき、杉木立の鳥の声などがまじる。この杉木立というのもこちらの勝手な想像だが、音をきいているだけで、網代笠に墨染めの衣をひるがえす、いわゆる「雲水」の行列が映画よりも明らかに眼に浮かぶ。

現代も、こうして修行している世界が日本にも厳存するのだ、ということを改めて知って、心うれしく、何となく安心するものがあった。宗教のない日本でも「禅」だけは頼れるに足るものかもしれない。

半遁世の志あれど

だいぶ前から気にかかっている言葉に、「月代」がある。頭の頂部を剃りあげる昔の髪形のことだが、あれはどこから発した風習か、なぜそれを月代と書いて、どうしてサカヤキと読むのかわからないのである。

で、あらためて最新の吉川弘文館の『国史大辞典』を見ると、

「封建社会の時代、額から百会（脳天）までの部分の頭髪を剃ったこと、及び剃ったかたちをいう。わが国では古代から総髪であったが、冠位制度とともに常に冠物をいただくようになり、戦争の時でも月代を開けなかった」

戦争の時でも冠物をとらなかった、ということだろう。

「ただ貴人のうちで頭の蒸れに悩む者の中には、後世の中剃のように剃刀で剃る者もあった。その剃った形が月に似ているところから月代とか月代といった」（中略）

「わが国に露頂の風俗の行われたのは応仁の乱以後で、当時は頭髪を毛抜で抜き

……」云々。

などとあるが、こちらの疑問を解いてくれるには至らない。『広辞苑』や『日本語大辞典』を見ると、さらに説明は単純でいよいよ要領を得ない。

どの本にも、兜（かぶと）をかぶったときの頭の蒸れをふせぐためとあるが、なぜ髪があると蒸れるのか、髪を剃れば布をあてたろうから同じことではないか、また後世の近代戦でも鉄兜（てつかぶと）をつけるなら髪を剃らなければならないはずだが、と首をひねる。

「頭の蒸れに悩む者の中には……剃刀で剃る者もあった」とあるが、そんな例外的行為があれほど全面的な風習にひろまったとは考えがたい。

当時は石鹼などなかったから、剃るのも大変だが、ましてや何千本かあるだろう髪の毛をいちいち毛抜で抜くなんていよいよ大変で、この苦行をあえてさせるにはよほど深い事情がなければならない。

また右の記述では、その剃ったかたちを月と見たてるのも面妖（めんよう）だし、さらにそれをサカヤキと読むのが納得ゆかない。

で、正確なところは、いまだに私には不明なのだが、最近私は、あれは半分僧のつもりの風習ではないか、と思いついた。

右の『国史大辞典』に、この風習は応仁の乱以後のことだとあるが、あまりの戦乱つづきに、その戦いに赴くのに無常を感じる男が多く、あらかじめ剃髪する者が輩出した。ところが将兵みながほんものの入道になられてはまた困るので、半遁世のかたちにしたのがあの月代ではないか、と考えたのである。

この月代の解釈は、いまのところ私の創見ではないかと思っているが、この論の先例があればあやまります。

ところで半遁世の言葉から話が飛ぶが、私はいつのころからか、半遁世の心をときどき持つようになった。

宗教心なんてものとは何の関係もなく、ただ極力単純簡素な生活をしてみたい、という心からである。

年のせいもあろうが、三十年ほど前、蓼科の森のなかに山小屋を作ったときからそんなことを考えていた。

なるべく仕事は少なくして、毎日薪を割って風呂を焚くだけを日課とする。蓼科の山中だから訪れる人も稀だろうが、さらに新聞も読まない、テレビも見ない、食事はせいぜい干魚くらいをごちそうとし、世帯道具も最少のものにする、など。——

百閒先生は大貧乏時代、二、三年か新聞もとらなかったが、あとになってみると、それでも世の中に起ったことはちゃんと知っていたと書いているし、志賀直哉さんも若いころの漂泊時代、たしか尾道に住んでいたころ、飯を焚く鍋で顔を洗っていたが、別に不潔とは思わなかったと書いている。

そんな生活にあこがれたのである。

惨澹(さんたん)たる焼跡時代から二十年もたたず、私もまだ四十歳になるやならずのころに、よくそんな仙人みたいな生活にあこがれたものだと思うが、しかしいま考えると、日本がまだ貧しさの影をひいているそんな時代、またこちらもいくぶんか若い年齢であったからこそ、そんな夢想が可能であったのかも知れない。

それからもう一つ。当時からもう見ることもまれになっていた、七輪、火鉢、タライ、団扇(うちわ)、草履(ぞうり)、などをそろえて、昭和初年代、すなわち私の少年のころの暮しをもういちど味わってみたい、という郷愁もあった。

遅き日のつもりて遠きむかしかな　　蕪村

そんな句も頭に浮かんでいた。

事実は、そんな夢想は夢想だけで終った。

だいいち、煮焚きは七輪でやる、洗濯はタライでやる、といったって、やるのは私ではない。女房なのである。

私の心中など夢にも知らず、カミさんはさっさとプロパンガスをひき、洗濯機をそなえつけ、冷蔵庫から電子レンジ、瞬間湯沸し機、ストーブ、掃除機に、テレビのごときは東京の自宅からの古物もあわせて、三台も運びこんでしまった。(これじゃあ、なんのために山に小屋を作ったかわからんじゃないか)と、憮然と思いつつ、私は声も出ず、馬鹿みたいに眺めているだけであった。

いや、人間というものは、ただ生きているだけでも物凄い道具立てが要るものである。

むかし山城(やましろ)の日野山に方丈(四帖半)の庵(いおり)を作って棲んだ鴨長明(かものちょうめい)でも、仏の絵像、経典、書物、琴、琵琶(びわ)に、書いてはいないが蒲団、衣服、炊事道具も必要としたであろう、それらを運ぶのに車二台を使っている。

江戸深川の芭蕉庵での芭蕉の生活は、「草堂のうち、茶碗十、菜刀(ながたな)一枚、米入るる瓢(ひさご)一つ、五升の外(ほか)いらず」とある。

が、よくよく考えると、茶碗がある以上、茶壺があるだろう。菜刀がある以上、俎(まないた)があるだろう。

瓢の米を炊くには、少なくとも釜(かま)が要るだろう。木を燃やすには、鉈(なた)が要るだろう。食べるには箸(はし)が要るだろう。

芭蕉庵には井戸もなかったというが、水をもらうにも桶と甕（かめ）と柄杓（ひしゃく）を必要としたろう。

裸でない以上、多少の衣類、それを洗うタライ、物干竿、破れをつくろう針、糸、鋏（はさみ）のたぐいもなければなるまい。

ひげそり用の剃刀もあったろうし、だいいち寝る夜具と枕もあったはずだ。

野分（のわき）して盥（たらい）に雨を聞く夜かな　芭蕉

こんな句を作るにも、紙と筆、すずりと墨がなくては書きとどめられない。

野分すればあと草庵をつくろうのに、釘やトンカチやノコギリを使ったはずだ。

奥の細道へ旅立つにも、笠とわらじは入用だったにちがいない。

わび、さびの極致のような生活でも、これだけの道具は要したのである。とうてい、茶碗と庖丁（ほうちょう）と瓢箪（ひょうたん）だけですんだとは思えない。

ましてやこちらは、ともかく現代に生きているのだから、七輪や風呂焚きはともかく、照明だけはローソクとはいかない。だいいち危険である。それに、いくら質素な生活でも、やはり三日に一度は麓（ふもと）の町のスーパーに何かと買物に下りなければならないが、車で往復するのに一時間かかる。これを歩いたら一日仕事だ。つまり、どうしても車は要る。

電気を使い、車を使って、何の遁世ぞやだ、と私は苦笑して遁世生活をあきらめた。で、毎年一ト月半ほど、夫婦二人で暮すのに、所用の物質を事前に二回、車で運ぶ始末になった。備品は向うにそろえてあるし、食料もそちらで買うことにしているにもかかわらず、である。

人間はただ食って寝るだけの生活でもたいへんな道具立てが必要なものだ、と呆れかえる。

私は以前から、人間の活動、時間、寿命、また国家の事業、税金などの三分の一は本来の目的以外のことに使われていると考えていたが、よく考えると、三分の一どころではない。半分はムダに浪費されている、と思わざるを得ない。

とにかく人間の生活というものは、ものすごい道具立てにとりかこまれているのが自然なのだ。

さっきのべたように私の考えによると、月代の習慣は半遁世を意味したものと思うが、逆に月代をやめると同時に、人々は遁世などという思いつきもやめたようだ。いまの世に遁世思想をいだいている人はまあなかろう。

最近大銀行の役員にまでなりながら、五十を越えたばかりで出家して高野山にはいった人のことが新聞に出ていたが、これが新聞に出るほど当世の珍事なのである。

まさか出家するほどの志があるはずもなく、ただ遁世的生活をしてみたいという夢想があるだけで、それさえ右のごとくあっさり撤回したけれど、それでも私の心のどこかにまだそんな夢想がひっかかってはいるのである。

ひとり

八月某日。

家内が用事で数日東京に帰るので、あとは山荘ただひとりの生活となる。食い物は、何もしなくてもいいように用意してあるし、わずか数日のことだから、むろん孤独な生活なんてものじゃない。

かえって快適のきわみだが、それでも夜、ざわめく暗い林の中の一軒家にひとつ灯をともして、ただ座っていると、ふと四十年近い昔、まったくひとりで東京のアパートに座っていた日々のことを思い出す。

そのころ、親のいない、二十を過ぎたばかりの私は、戦争のさなかに、だれ一人知る者もいない東京に来て、ひとり暮らしていたのであった。日本の前途も自分個人の前途も、ただ暗澹（あんたん）として、毛筋ほどの光も認められなかった。東京のまっただ中にいて、私はまさしくひとりぼっちであった。よく死ななかったものと思う。少なくとも三十歳以後も生きている自分なんて考えられなかった。

数十年後、こういう「快適なる孤独」の境地に身をおく日があろうとは夢にも思わなかった。人間、生きていると、いろいろなことがあるものだ、と、こんなかたちで思う。

しかし、考えてみると、いま東京にいても自分は孤独だ。孤独は平気だし、好きなのだ、と思う。世の中のだれが死んでも何の痛痒(つうよう)も感じないし、当方が死んでも世の中のだれにも痛痒はない。

これはいったい生きていることなのだろうか、とニガ笑いする。……しかし、人はみんなそうなのじゃないか知らん?

夜の林を、蕭条(しょうじょう)と雨がわたってゆく。

他人の死に方

八月某日。

二年ほど前からある雑誌に連載している「人間臨終図巻」来月号分を書いて、散歩に出る。白樺（しらかば）の林は真っ赤な夕日に染まっている。

人間の死に方列伝だが、今回で約二百人に達した。一人一人の死に方についてとは別に、こんな感想が浮かんで来た。

とりあげる人物は、べつに変わった死に方をした人を選んだわけではなく、いろいろな分野で、なるべく多くの人が名を知っていそうな人物を選んだのだが、いままでのところ、やはり変わった死に方をした人間が多い。後世、人に記憶されるためには、ただの死に方をしないことも一つの条件らしい。

次に、その多くは挫折（ざせつ）の死である。少なくとも当人は大挫折のつもりで、無念の思いを残して死んでゆく。ところが、客観的に見ると、それで彼の人生はそれなりの完結したすがたを示すのである。むしろ挫折の死ほど「完全」の相を見せるのである。たとえば大挫折の典型は信長だろうが、しかし他人から見ればあれほど信長らしい壮絶な終焉はないではないか。

それから、それほど有名人にして、なお天命をやりたかったと思われる人間が、十人に一人、あるいはそれ以下しかないということだ。

一般に、人間は長生きし過ぎる。長生きし過ぎて、せっかくの「完全」形をみずから壊している。

西の車山に夕日沈む。同じ赤い落日なのに、地上が真っ赤になるときと、そうならない日があるのに気がついた。そのわけをまだ知らない。

自分の死に方

八月某日。

毎朝、山荘から二百メートルばかりの臨時売店に新聞を買いにゆく。

その道は白樺湖から蓼科温泉へ通じる道で、昼間になると結構車で混むが、朝のうちはただ白い道がのびているばかりだ。両側の林では、ウグイスとセミが同時に鳴き、赤トンボがむれ飛んでいる。蓼科の夏は春と秋をかねている。

蓼科にはほかに雄大な霧ケ峰とか神秘的な白駒池などがあるが、なぜか私は自分の山荘の前を通る何のへんてつもないこの白い道がいちばん心に残る。いつの日か死ぬとき、病院のベッドで、ああもういちどいってみたいな、と思う場所はこの白い道になるかも知れない、と考えることもある。

その自分の死に方だが——出来れば病院はごめんこうむりたい。死ぬときまっている肉体を、むりむたいに賦活(ふかつ)しようとする、あれは他のいかなる酸鼻な死に方にまさ

る一種の拷問殺人である。

私は死ぬときまったら、この蓼科の草原で、冬の寒夜ひとり雪の上に御馳走(ごちそう)をならべてウイスキーをのみ、死ぬまで飲みつづける、といった設定にしたいのだが。——もっとも、人間死ぬときはこんな気楽な状態にないにちがいない。だいいちこれは、冬でないと成りたたない。それからまた、死は、推理小説のラストのごとく、当人にとっていちばん意外なかたちでやって来る、というのが私の発明した警句なのである。

死の立会人

私は幼少時両親と死別し、医者の学校まで出たくせに、思い出してみると、人が死ぬときそのそばにいたという記憶が一つもない。古今東西の千人ばかりの有名人の死を記録した『人間臨終図巻』という本まで書きながら、図々しいことに人の臨終に立ち会ったおぼえがいちどもないのである。

父が死んだときはそばにいたのだろうが、何しろ五歳であったのでまったく記憶がなく、母が亡くなったときは中学一年から二年への春休みであったが、その死があまり静かで看護者も気がつかず、夜明け方私が呼び起こされたのはすでに息をひきとったあとであった。

その後、大戦争で友人の多くが戦死し、私自身もあの空襲下の東京にいたのみならず、燃える町の中をかけまわったのだが、どういうわけか焼死体一つ見たことがない。当時私は医学生でインターンもおえたのだが、その間患者の臨終に立ち会わせてもらったこともない。

後年江戸川乱歩先生が危篤(きとく)におちいられたとき、電話で知らせを受けたのだが、五十音順に関係者に連絡するので、ヤ行の私がかけつけたのはご逝去(せいきょ)のあとであった。

その他知人の死はすべてこのたぐいだ。飼い犬でさえ、知らない間に庭の植え込みのなかで死んでいたり、旅行中獣医の家で死んだり、その死の瞬間を見ずにすんだのである。

決して逃げも避けもしたおぼえはないのに、七十年の人生にいちども人の死ぬ瞬間に出逢ったことがないのは、珍らしい。

この分では、もう死に立ち会う機会は自分が死ぬとき以外にはないような気がする。

余命問答

原則として毎年一度、初夏のころに、多磨墓地の乱歩先生のお墓に、横溝先生御夫妻、中島河太郎、千代有三、山村正夫さんたちとお詣りすることにしていた。

これが初夏になったのは、乱歩先生の御命日が七月末という暑さの盛りなので、墓地をうろつくのが大変なことと、横溝先生が例年そのあと軽井沢へいってしまわれ、本格的な夏になると私も蓼科へいってしまうからである。

毎年のことなのに、毎回そのお墓の場所を忘れてしまって、広い多磨墓地の中をさまよい歩くのを常とする。ついでといっては悪いが、大下さん、木々さん、海野さんのお墓も同墓地にあるので、花とお線香を持って、これも探し歩く。

で、緑の波のような風景の中を歩きながら、

「先生のお墓はどこにあるんですかナ」

と、横溝先生にお尋ねしたのは、ほんのこの間のような気がするが、それでももう

五年ほど前のことになるかも知れない。

同行していた家内に、

「ずいぶん遠慮のないことをきく人ね」

と、あとで叱られたが――それどころではない。

横溝先生が喜寿の年、はがきに妙なことを書いたことがある。

先生が「朝日新聞」に連載されたコラム「横溝正史のつれづれ草」の昭和五十四年十一月三十日付の分に、次のような文章がある。

「先生より御長寿の方々に次の方々があります。西条八十（満七八）谷崎潤一郎（七九）幸田露伴、永井荷風（八〇）滝沢馬琴、山中峯太郎、野村胡堂（八一）内田百閒（八二）等。まだまだお若いデス！」

これは山田風太郎君が自分宛のはがきの末尾に書き添えたものだ、と説明があり、「私より二十歳若い風ちゃんの気性をよく知っている私は、このはがきを読んでけっして悪い気持はしなかった」

「七十七歳はまだ若いという激励の意味がこめられているのである」と書かれている。

まったくその通りで、さすがは横溝先生である。逆に小生のほうに気を遣っていられる。ところが、また一方では、

「しかし、これでみると私の余命は長くて五年、早ければ来年あたり、ポックリということも考えられる」

などという文章もあるところを見ると、やっぱりこういうはがきは書かないほうがいいらしい。

いや、そのときも私はめんくらって、あと五年分しか名をあげなかったのは、はがきがそこで尽きたからで、それ以上長命した人はまだたくさんあります、と、あわてて陳弁した。

しかし、調べてみると、少なくとも作家では、そうたくさんはいないようですナ。まして現役としては。

横溝先生も書かれている。「これら高名な諸先輩と比較してもらっただけでも光栄の至りと感謝している。ただ、惜しむらくはこれら諸先輩が、何歳まで筆を執るという天職を、全うされたかわからないことである。五月二十四日生まれの私は、現在ちょうど七十七歳の半ばだが、まだまだ筆を執れるというあかしに、このコラムを書いている」

実際には横溝先生は、このときから二年しか余命を持たれなかったのである。しかし、豪語されたごとく、まさしく筆を執ったままといっていい状態で。

さて、右の墓参のあと、みな拙宅に御光来願って、青嵐の一夕、酒宴をもよおすのが恒例となっていた。ここ二年ばかりは横溝先生がその季節は御不調で中止していたが、それ以前の、この数刻の御快飲ぶりは、みなを瞠若（どうじゃく）たらしめるみごとなものであった。

その愉快な酔談ぶりは、録音でとってある。ナニ、私はそんなマメなことは出来ないが、たまたま録音機があるのを知って、大河内常平さんがとったものだが――。

いつかみな集まって、これを聴きながらまた快飲しつつ先生をしのびたいと思っている。希望者はお申し込みを乞う、と、のどもとまで出かかったが、まあこれはやめときましょう。五千五百万人の金田一耕助ファンにおしかけられても困る。

人間の死に方

いつのころからか、いささか人間の死に方に興味を持って、それも生死の問題などという哲学的興味ではなく、伝記的な興味だが、有名人の死に方をメモしてみる気になった。

有名人だから、彼が何をした人物か、ということはわかっているのだが、さて彼がどんな風に死んだのか、というと意外に知らない人物が多いからである。

その作業の間に得た、伝記的興味以外の雑感を、とりとめなくいくつか書いてみよう。

*

昔は——といっても、ほんの三十年ほど前までは、人間は親の家で生まれ、自分の家で死ぬのがふつうであったが、近来は病院で生まれ、病院で死ぬことがふつうになった。現代では死の司祭は医者であり、看護婦である。

なぜ人間は自分の家で死ななくなったのか。それは病気で入院するからその結果だ、という理由が大半だろうが、しかし一面死にゆく者の、家族に対する気づかいのせいもあるだろうと思われる。また彼自身の気づかいもあるが、半面家族が暗黙のうちに彼がそうすることを求めるからではあるまいか。

ほんとうはだれも自分の家で死にたいのだ。しかし彼は最後の気力をしぼってその欲求を抑制する。フィリップ・アリエスはいう。

「昔の死は、人が死にゆく人物を演技する喜劇的な悲劇であった。今日の死は、人が自分の死ぬのを知らない人物を演技する悲劇的な喜劇である」

それで、病院で死ぬほうがラクか、というと、記録で見るかぎり、昔の家での死に方と、それほどちがいはないようだ。いま、人は病院で生まれ病院で死ぬ、といったが、私は、

「人は管につながれて生まれ、管につながれて死ぬ」

というアフォリズムを作ったほどである。

薬、栄養の補給も排泄もすべて管によって行われ、極端にいえば、ラヴクラフトの描いた「ダンウイッチの怪」のような紐だらけの妖物になって死んでゆく。

近代は、死についてのさまざまな恐怖に、病院の治療の恐怖を加えた。それも百パーセントなおる見込みのない患者に、一日でも一刻でも生命を与えることを疑う余地のない義務とするのは、近代の医者のホメイニ的「狂信」ではあるまいか。

＊

生者への気づかいといえば、どういうわけか「死顔を見せるな」と遺言して死んだ人々が少なくない。

市川雷蔵とか森雅之などの俳優は、そのプライドからだろうと思われるが、福沢諭吉とか武田泰淳などの場合は、死顔を見る人間を気づかってのデリカシーであったか、それとも本質的なスタイリストであったせいか。

＊

相当以上に豊かな人々はさておいて、死を前にした人間を悩ませるものに、甚だ俗世間的だが、入院費の問題があると思われる。私はかつて、

「人は老衰しても、生きるには金がかかる。――人間の喜劇。
人は老衰しても、死ぬには苦しみがある。――人間の悲劇」

というアフォリズムを考え出したが、人は多く「死ぬにも金がかかる」悲喜劇を味わわねばならない。しかし、このことは遺族が口にしないので、記録として残っているのはまれだ。

一葉、緑雨、啄木のように、だれの眼にも窮迫が明らかな場合は別として、正宗白鳥のごとき、死の前日、入院費を気にして、妻に「一文もないのだから、早く家に帰りたい」と訴え、妻が全財産の十七万円を一枚一枚数えてみせると、白鳥は、そんな金でどうなるものか、という風に首をふって、妻の顔をポンポンとぶった、というような記録は珍しい。

*

それから、死の近づいた人間を意外にも苦しめるのが排泄物の始末だ。多くの人が、這い(は)ずっても自分の力でトイレにゆこうとする。佐藤紅緑などは、便器をさし入れようとすると、「無礼者!」と、叫んだ。人間が精神的動物でもあることの何よりの証である。その死力が尽きて看護者のなすがままになったときがすなわち彼の死ぬときである。

*

それから、奇妙なことは、その人の死が人生の大挫折であればあるほど、他からすれば完全型をなして見えることである。信長は本能寺で死んだから信長なのである。西郷は城山で死んだから西郷なのである。あらゆる欲望を充足し、名誉と富を満喫し、死後の計らいをすべて終えて大往生などいう人の死に方は、その人の全人生は、ひとの同情も共鳴も買わないという点で、芸術的に失敗作だ、という気がするんですがね。

楽に死ぬ法・死ねない法

去年の六月、はじめて黒部アルペン・ルートを旅してきた。

黒部アルペン・ルートとは、北アルプスのどてっぱらをつらぬいて、信州の大町と富山県の立山を結ぶコースで、あるいは地底トンネル、あるいはケーブルカー、あるいはロープウエイ、あるいは六月というのにまだ深い雪と、ふつうに歩ける道はほとんどない。

これはもともと観光のための道ではなく、このコースのまんなかあたりに、いまままんまんと水をたたえる黒部第四ダムを作るため、その工事用に建設した道なのである。たしか昭和三十年代の工事だが、ヘリコプターなど使えなかったあの時代、よくこんなものを作ったと、その技術と根性にいまさらのように感嘆せざるをえない。行ったことのない人には、ぜひ一見をすすめたい。

ただしこれは、この壮大凄絶なアルペン・ルートを礼賛する文章ではなく、別の話だが――このコースのなかに、弥陀ヶ原という土地があった。はじめて通るコースなのに、なぜか私にはこの地名をどこかで聞いたような気がした……。

さてまた話が変わるようだが、日本には死刑というものがある。そして死刑反対論もある。

世の中には、AかBか、私などにはどう判断していいかわからないことがらが多々あるけれど、この問題ではいまのところ、私は死刑必要論のほうである。それどころか、ただの死刑ではまだ足りないと思われる犯罪がある、と考えている。

それは幼児誘拐殺人である。誘拐され、親を求めて泣き叫び、そのあげく無抵抗に殺される幼児を思うと、いかなる死刑反対論も受けつける気にならない。特に日本の場合、無期刑といっても十年くらいで保釈になる例が少なくないのだから、なおさらのことである。

で、死刑はむろんのことだが、ただの死刑ではあきたりないやつをどうするか。これは「特別死刑」に処することにしたい。楽には死ねない死刑である。

私が考えたのは、ハム製造機みたいなもので、手ないし足を先端から一ミリずつ切ってゆく。いっぺん切ったら、すぐに薬をつけて治療する。これがほぼ治癒したらまた一ミリ切る。これを無限にくりかえす。

しかもこの操作はすべてロボットにやらせる。……どうですかな。

その一方で、自分の死ぬ場合となると、こんどはなるべく楽に死にたいと考えるのだから、人間は勝手なものである。

人間が死にたくない理由はいろいろあるが、そのなかの最大のものは、やはり死に伴う苦痛の恐怖だろうと思う。いまでは病院で死ぬのがふつうだろうが、これがなかなか楽ではない。私には千人ばかりの有名人の死を書いた『人間臨終図巻』という本があるが、これでみると、病院より自宅で死んだ人のほうが安らかにさえ見える。

ただ、それでは家族にかける迷惑や負担がひととおりでない。

そこで私の考えたのは、死がのがれがたいものと決まったら、冬の晴れた夕、信州あたりの――さよう、千五百メートルくらいの美しい雪の高原に行って、沈んでゆく真っ赤な太陽を見ながら、ゴザをしいてホースノンのガスコンロにスキヤキ鍋でもかけて、ここで雪わりのウイスキーを果てしなく飲む。零下無限の寒気のなかに、やがて裸になって踊り出すまで……。

なんて、別に冗談でもなく空想していたのだが……さて、弥陀ヶ原です。

一九二三年一月、富山側からいまの黒部アルペン・ルートを――むろん、アルペン・ルートどころか道さえない立山連峰を――登山して、この弥陀ヶ原の吹雪のなかで遭難し、凍死者を出した記録がある。筆者は、そのときいのちからがら生還して、のちのマナスル登山隊長として世に知られた槇有恒（まきありつね）氏で、題名は『松尾坂（まつおさか）の思い出』という。

べつに登山などに縁も興味もない私が、どうしてこんな文章を読み、弥陀ヶ原の名まで記憶していたのかふしぎだが、あとで再読したところ――いまそれを紹介するいとまがないが、凍死というやつも、これはこれで凄惨（せいさん）きわまる地獄である、と知った。

とてもとても楽に死ねる法どころではない。……さて、どうしたものでしょうかなあ？

私の死場所

昔、死所を得る、という言葉があった。サムライの心掛けの一つだろう。その念頭にはおそらく戦場での討死のありようがあったことと思われる。しかし、日本人はもう戦争はしないそうだから、われわれはありふれた凡庸な死に方をするよりほかはあるまい。

死についての私の作った警句（アフォリズム）に「人の生まれ方は一つだが、死にゆく姿は万人万様である」というものがあるが、その通り、そのありふれた凡庸な死に方だって万人万様である。

そして多くは、人は自分の死に方をえらぶわけにはゆかない。死に場所さえも決めておくことができない。

それでも大ざっぱに分ければ、この平和な世では、病院で死ぬか、病院以外で死ぬか、という二種になり、常識的に考えれば、ふつうの人は病院で死ぬことになるのだろう。

人はなぜ多く病院で死ぬのだろうか。それは病気の治癒、あるいは苦痛の除去の望みもあるだろうが、半分は家族に迷惑をかけまいとする気づかいのためではあるまいか。そのために彼はそれまでまったく見知らぬ病院の冷たい部屋にみずからを閉じこめるのである。

ほんとうをいうと彼は、いままで暮してきた自分の家のいちばん気にいった場所で死にたいのだ。

私もそうだ。私は毎朝、毎夕、その場所に座って小原庄助さんのごとく、朝酒、晩酌をしているが、ひとかかえもある桜の大木が庭にある。春の満開のときはまるで花のドームのなかで酔っぱらっているような気がする。その場所にふとんを敷いて、恍惚として死を迎えたい。できたら一杯かたむけつつ……そんな元気があったら、死なないか。

そうそう、最高の死に場所を得て死んだ人を思い出した。「ねがはくは花のしたにて春死なんそのきさらぎの望月の頃」と詠んだ西行である。西行はその通りの時と場所を得て死んだといわれる。

もっとも、よく考えると私など、そんな豪華な花の雲につつまれて死ぬのは少し違和感をおぼえる。私はまだ花の咲かない前の、世のなかがまだ薄明るいような、薄暗いような時季に死にたいのだが——少年時代、母が死んだころでもある。

　しかし、それは叶えられないだろう。場所も時もそんな横着な望み通りにはゆかないだろう。なにしろ、自分の死に方さえいまのところ自分ではわからないのだから。

　私たちが死に対しての希望や準備に明確な判断ができない最大の理由はここにある。私のアフォリズムに曰く「死は推理小説のラストのごとく、もっとも意外なかたちでやってくる」。

　いかに胃ガンや肺ガンに気をつけても、陰茎ガンになるかも知れない。いかに転がらないように注意していても、長い長い下りのエスカレーターで背後から落ちてくる人雪崩の下敷きになるかも知れない。げんに最近も、富士山麓の社員寮に泊って、煙突に作られた鳥の巣のためにストーブが不完全燃焼を起して一家全滅した例があった。死に至る誘因は千変万化、支離滅裂である。

　かくてだれでも、死への準備を一応心にかけながら思考はゆきつ戻りつ、はては立往生してしまうのである。そして大半の人々は、立往生したまま見知らぬ病院の冷たい一室へ送りこまれてしまうのである。

　結局、私もそういうことになるだろう……と思いつつ、しかし病院でのいまの死に方はあまりうれしくないな、という抵抗感はどうしても禁じ得ない。

また私の作ったアフォリズムに「人間は管につながれて生まれ、管につながれて死ぬ」というのがある。前者の管は臍帯のことで、後者の管は酸素吸入その他のチューブのことである。

どちらも生命をつなぐ管にはちがいないが、前者はそれを切断されることによってみずからの呼吸を開始するのに対して、後者は、その目的はともあれ、どう見ても人間の持つべき姿ではない。病院での死を好まないのは、このみじめな姿を強制されたくないというプライドのせいもある。最後の死に場所は、自分という個体がこの宇宙から未来永劫消滅する記念すべき場所だ……。

——と、以上の思考は最近までのことであった。

近来、ふしぎに、見知らぬ病院、見知らぬ医者と看護婦だけに立ち合われて、管につながれて死ぬのもいいんじゃないか、と考えはじめた。

この地上では無限の虫たちが草葉のかげで死んでゆくが、実は自分だってその虫ケラの一匹と同様なのである。自分という個体の永遠の消滅とか、人間のプライドとか、大げさに特別のものと思わないほうがいい。

死に場所がどこであろうと、そこが草葉の世界だと思えばいい。そしていま虫の一匹が死んでゆくだけだと考えたほうが素直に安心立命の境に達せられるだろう。

死に支度無用の弁

はじめて少し身にしみて「死」のことを考えたのは二十三歳のときだろうか。

昭和二十年。いうまでもなくそれは、私のその年の日記「戦中派不戦日記」に「連日連夜敵機来襲し、南北東西に突忽として火炎あがり、人惨死す。明日の命知れずとは、まさに今の時勢をいうなるべし」と書いたような事態の中にあったからだ。

その日記を、いまめくり返してみると、あちこち死についての考察が書かれている。

「吾が死する？　永劫のあの世へ？

この思い、人は生涯にだれしも抱き、或るとき信ぜず、或るとき慄然たり。しかも要するに必ず永劫のあの世へゆき、後人は冷然また欣然と彼ら自身の生を生きるのみ」

「空襲のため毎日、明日の命わからず。

余の遺言はただ一つ『無葬式』

紙製の蓮花、欲ふかき坊主の意味わからざる読経、悲しくも可笑しくもあらざる神妙げな顔の陳列。いずれも腹の底から御免こうむりたし」

「余は死を怖れず。勿論死は歓迎せず。死はイヤなものなり。第一解剖台上の死体を見るも死はイヤなものなり。しかれどもまた生にそれほどみれんなし。生を苦しと思うにあらざれど、ただくだらぬなり。金、野心、色欲、人情、もとよりわれもまたこれらより脱する能わず、しかれどもまた実につまらぬものにあらずや。五十年の生、これら万花万塵の中に生きぬき、しかも死や必ずこれにピリオドを打つ。しかしてその後にその生を見れば、その生初めよりこの地上になきもほとんど大差なし」

ふしぎなことに、この天から降る猛火の中にあって、人々はこわがりながらも平気であった。私はだれにも、「死についてどう思うか」なんて訊いたこともなかった。

それはおたがいさまのことであったし、また訊いたところで、「そんなこと考えたってしようがないよ。死ぬときは死ぬさ、アハハ」という返事しか返って来ないにきまっていたからだ。

これはみなが度胸がいいせいではない。まことにラ・ロシュフコーがいったように、「人間は太陽と死は正視出来ない」ものである上に、人間というものは、同条件下にあっても、「ひとは死んでも自分は死なない」という奇怪な信仰を失わない特性を持っているからである。

ともかくも、私だけは右のような思考をした。

さて、それから星霜四十年。

このごろ私は、東西古今の有名人九百二十余人の死に方を、『人間臨終図巻』という本で書いた。

にもかかわらず、現在ただいま人間の死に方についてその思考に何の進歩もなく、四十年前とほとんど同様であることを知って改めて驚いた。

『人間臨終図巻』は、有名人の死を年齢順に紹介してある。その各々の劈頭(へきとう)に、死についての警句(エピグラム)を載せてあり、その大部分は私自身のものなのだが、

「……いろいろあったが、死んで見りゃあ、なんてこった。はじめから居なかったのとおんなじじゃないかみなの衆」

「臨終の人間『ああ、神も仏も無いものか?』

神仏『無い』」

「また臨終の人間『いま神仏が無いといったのはだれだ?』

答無し。——暗い虚空に、ただぼうぼうと風の音」

などの言葉がある。——つまり私は、死について四十年前と同じことをいっている

のである。

また葬式というものの無意味さについては、その後荷風も、四十年前の若輩の私と同じことをいっているのを発見した。「余死する時葬式無用なり。（中略）葬式不執行の理由は、御神輿（おみこし）の如き霊柩自動車を好まず、又紙製の造花、殊に鳩などつけたる花環を嫌うためなり」

冷笑人たる断腸亭主人ならこの言葉は当然だろうが、人生を愉しみぬいたかに見える梅原龍三郎も、「人の知らないところでそっと消えてゆきたいんだ。お葬式に悲しそうな顔をして人が来ても、別にどうってこともないしね」といい、「葬式無用」という遺書を残したし、同じく川口松太郎も、「俺が死んでも葬式出すな。……やなこった、気にいらねえ奴が拝みに来たら、さぞ腹が立つだろうな」といった。

この大長命の大エピキュリアンたちが、若い私と同じことをいっているのだ。

ましてや私など、青年時から死を、どこか身近いものに感じていた。

むろん太宰治とか谷内六郎とか、先天的に死に憑（つ）かれていた人々とはちがうけれど、生きていることに何か違和感を感じている人間なので、いよいよ死そのものと直面する日が来ても、天が崩れるほどうろたえることはないように思っている。

だから死を、新しい客ではなく知人の訪れを待つように、とりたてて支度などせず迎えられるような気がしているのだが。——

「死の準備」には、大別して、自分の心の覚悟と、自分の愛する者たちへの配慮とに分けられるだろう。

死に方の種類については、何とも対策の立てようがない。死は推理小説のラストのごとく、本人にとって最も意外なかたちでやって来る。しかも、人生の大事は大半必然に来るのに、最大事たる死は大半偶然に来るのだから。

さらに、根本的に、死は「無」である。「無」に対しては、いかなる準備もなすすべがない。無となることに覚悟せよといっても、無に対してはいかなる覚悟も無である。怖れようが悲しもうが、死はなんの斟酌もなく無の世界へ——無という自覚も存在しない世界へ運び去るのである。

『臨終図巻』には、死の記録がないので女性をあまりとりあげられなかったのだが、それでもなぜか、男性の豪傑や高僧などより、女性のほうが静謐で豪毅な死を迎える例が多いような気がしていた。死のことなどまともに考えたことのない女性——たとえば盲目的にナムアミダブツと唱えるだけであった古来の田舎のお婆さんなどのほうが、はるかにおだやかな寂光の涅槃にはいったのではなかろうか。

つきつめてゆくと、落葉のかげや土の中で息をひきとってゆく虫やミミズなどのほうが、人間よりはるかに宗教的な死をとげるのではあるまいか。

とにかく右の次第で、私の場合、いまのところ死への心の準備も、子孫への配慮も無用と考えている。なんと私は、生命保険にさえはいっていないのである。

それならそれで、まありっぱそうだが――りっぱでもないか――人間というものは、覚悟していても、現実にその事態に立ち至ると、まったく覚悟の外の心理状態におちいることが少なくない。

いまのところ私は、あと数分ということが自覚できたなら、そしてもし少しでも積極的な気力の一片でも残っていれば、

「よし、いくぞーっ」

と、売り出しの歌手もどきの言葉を胸に雄(お)たけぶか、または非常に弱気になるなら、はじめて予防注射を受ける子供のごとく、

「ナンデモナイ、ナンデモナイ」

と、心にいいきかせるか――どっちかにしたいと望んでいるのだが、どうもいざそのときが来たら、以上の長広舌はもとより、何もかも忘れ果てて、ただうつろな眼で暗澹(あんたん)たる無明(むみょう)の世界へ沈んでゆくような気がする。

死言状

数年前、古今東西の有名人、九百数十人の死ばかり記録した『人間臨終図巻』という本を書いたのだが、さていま思い出してみると、その「最後の言葉」で、これは名言？　だ、と大いに感服したものはあまりないようだ。

この、最後の、とは文字通り息をひきとる死床の上で、という意味である。

世に有名なものに、ゲーテの「もっと光を！」とか、カントの「すべてよし」などがあるけれど、それは後人の哲学的誇張であって、事実はゲーテは、「暗いからそこの窓をあけて光をいれてくれ」といったにすぎないし、カントは最後にワインを飲まされて「けっこうな味だ」といったにすぎない。

いよいよ死が迫ると――たとえば徳富蘇峰など、『近世国民史』百巻を九十歳まで執筆し、九十四歳で死んだほどの強壮な頭と身体の持主であったが、この巨人の「最後の言葉」を残そうと、枕頭につめた弟子たちが彼の口からもれる言葉をすべてメモしたが、それはどれも「イタイ、イタイ」「ユックリサセテクレ」などの文字ばかりであったという。ましてやふつうの人が断末魔にもらす言葉にたいしたものがあるはずがない。

私も若いころ、何かのはずみで自分の死ぬときのことを考えたことがあり、そのときは最期をみとる人々に——それは自分の人生といちばんかかわることの多かった人々にちがいないから——「その連中の耳に永遠にねばりついて離れないような毒のあることをいってやろうかな」と考えたこともあったが、そのうちそんないたずらはばかばかしくなり、また尋常に「どうもいろいろお世話になりました。さようなら」くらいが無難だろう、と考えるようになった。そのうちに、そんなあいさつをするのもめんどうだ、と思うようになり、目下のところは白紙状態である。

そもそも、そんな小細工が頭に浮かぶようならまだ死なないのであり、ほんとうに死ぬときは「最後の言葉」どころではないにちがいない。苦痛、錯乱、喪神以前に、自分の死が迫った、という事柄自体に、脳は判断停止の状態になっているだろう。

右の『臨終図巻』を書くにあたって、私は死についていくつかの警句(アフオリズム)を考えた。かりにそれを「風太郎死言状(しごんじょう)」と名づければ——その中に、

○死は推理小説のラストのように、本人にとって最も意外なかたちでやってくる。

○人生の大事は大半必然に来る。しかるに人生の最大事たる死は大半偶然に来る。というものがある。

おそらくこれが多くの人々の死を迎えるときの状態だろうと思う。

死は偶然に、あるいは意外なかたちでやってくるのだから、まともな最後の言葉など出てくるわけがない。

先日、新聞に天谷直弘氏が「かりにソ連ないし中国が、窮迫のあまり日本に百億ドルの援助を要求し、日本が拒否するなら核攻撃を加える、といってきたらどうするか」という意味のことを書かれていた。私はこういう事態はデマでもジョーダンでもなく、ひょっとしたらあり得ることだと考えているが、このことの是非はともあれ、かりにそれに三カ月の猶予期間が与えられたとする。しかも日本はその対応策に昏迷し――おそらくいまの日本人なら、結局ヘナヘナと向うの要求通りにするだろうが――国家消滅が必然の運命になるとする。その場合、われわれはどうするか。

あと三カ月のいのちだ、ということが確実になったとすると、その間に人々は欲望のかぎりをつくして荒れ狂うか、他人はともかく、自分はどうするか、と首をひねったことがある。

そのあげく、やりたいことをやれといわれても、自分にはやりたいことが何もない、という結論に達した。そしておそらく大部分の人も、何もせず、むなしくその日を迎えるだろうと思う。

これはSF的空想だが、しかしほんとうに、平常でも一人一人は、死に対してこれと同じ運命におかれるのである。そして、むなしくその日を迎えるのである。

しかも、その「死」たるや。——

「風太郎死言状」に曰く。

○路傍の石が一つ水に落ちる。

無数の足が、忙がしげにその傍を通り過ぎてゆく。

映像にすればただ一秒。

○自分が消滅したあと、空も地上もまったく同じとは実に何たる怪事。

○人は死んで三日たてば、三百年前に死んだのと同然になる。

○最愛の人が死んだ日にも、人は晩飯を食う。

つまり、本人の死は他人にとって、愛犬の死より何でもないことなのである。ナポレオンでさえいった。

「余が死んだら、人は何というかね？　何もいわないさ、ただ、ふんというだけだ」

いわんや、昏迷的最後の言葉をや。

むしろ筋の通った最後の言葉は、死刑囚のほうが吐くのではないか。彼らのほうが、紋切り型の偉人の言葉より、生き生きした最後の言葉を投げて絞首台に上るのではないか。

その場合、彼らのうち、尋常にざんげし、神様にあいさつする者が何十パーセントで、恐怖と呪詛(じゅそ)の言葉を残す者が何十パーセントなのだろうか。

私はそれを知りたいと思う。私は案外前者のほうが多いのではないかと思うが、そんな記録や統計などあるべくもないから、私の望みは叶えられそうにない。

もう一つ、はじめにいった息をひきとる前の言葉ではないが、いわゆる遺言や遺書はまだ理性や判断力が残っているうちだから、筋の通った最後の言葉といえるだろう。が、現代の法律に叶った相続などの遺言は別として、それ以外のものは結局黙殺ないし忘却されるものが多いのではないか。

歴史上、いちばん哀切な例は太閤秀吉の遺言で、伏見城に家康などの五大老をあつめ、

「秀頼さまに対したてまつり御奉公の儀、太閤さま御同然、疎略に存ずべからざること。表裏別心、毛頭あるまじきこと」

と、二度までも起請文(きしょうもん)を出させ、また彼らの名を列記して、

「秀頼こと成り立ち候ように、この書きつけ候衆を、しんにたのみ申し、何事もこのほか思いのこすことなく候。かえすがえす秀頼たのみ候。五人の衆たのみ申すべく候。五人の衆に申しわたし候。なごり惜しく候」

という遺言状を残したが、その果てに迎えたのは大坂落城の業火(ごうか)であった。

「風太郎死言状」に曰く、

○臨終の人間「ああ、神も仏も無いものか?」

神仏「無い」

○また臨終の人間「いま、神仏が無いといったのはだれだ?」

答無し。——暗い虚空に、ただぼうぼうと風の音。

要するに私の心境としては、

「口にまかせ筆に走らせ一生をさえずりちらし、いまはの際(きわ)に言うべく思うべき真の大事は一字半言(はんごん)もなき当惑」

という遺言状を書いた近松門左衛門——これこそ「最後の言葉」中の最高作であろう——にひとしい状態にあるのだが、ここまで書いてきて、一つのアイデアが浮かんだ。

それは、何か猛烈に滑稽なことを最後の言葉としたいものだ、ということである。

話がちがうが、笑いというものは突発的かつ一過性のもので、そのとき笑ったことをあとで再現しようとしてもできないことが多いのだが、私がいつ思い出しても笑わざるを得ない俳句が一つある。それは、

病人の氷枕やヒヤシンス

という、作者不明の句だが、こんな傑作の句でなくても、なにかこれに匹敵するような言葉を、どうせ死ぬときにはそれどころではなかろうから、いまのうちに用意しておきたいものだ。

そうそう、最後の言葉の最高傑作が一つあった。それは、

「コレデオシマイ」

という勝海舟の言葉であった。

「風太郎死言状」

○いかなる人間も臨終前に臨終の心象を知ることは出来ない。いかなる人間も臨終後に臨終の心象を語ることが出来ない。なんという絶対的な聖域。

○死の一秒前の生者「おれを忘れるな。忘れてくれるな!」
死の一秒後の死者「おれを忘れろ、忘れてくれ!」

○別れの日。

行く人「やれやれ」
送る人「やれやれ」

——さて、右の文章をかいたあと、奇しくもその夜、私にとって大事件が勃発した。その日の夕方、私は五人の客を招いて酒宴をもよおした。いずれも旧制中学の同窓生で、いま東京在住の人々である。なにしろ卒業以来五十年にあたるそうで、医者あり元重役あり、いずれも五十年前の紅顔変じて白髪の姿となったが、いっしょに飲めば五十年の昔に帰る。

談論風発のなかに、みな青春のころ心魂に徹して味わった太平洋戦争の話が出た。この年配の者が集まれば、出ずにはいられない話なのである。そして、年を経れば経るほどだんだん評判の悪くなる——四方八方、日本が平あやまりにあやまらされてばかりいるいまの風潮について、憮然たる感慨がひとしく洩らされた。

日本を責めたてるほうには、それなりの充分な理由があるだろう。またふたたび強大化しようとしている日本への金切り声の牽制もあるだろう。しかし、日本人自身にもそれに同ずる者が多いとは。

口々にいった。

「結局、太平洋戦争に参加した連中の大半がもう死んだか、ボケの年齢にはいったかが、この現象の最大の理由だ。あの戦争を身をもって知らない連中のほうが多くなったんだよ」

「こっちが少数派になったということか」

「世の中は、こうして変ってゆくんだなあ。……」

ヒフンコーガイといった宴(うたげ)の果てになった。

夜ふけて客のみな去ったあと、私はひとりでまだ一時間ほども飲んでいた。

「白髪の遺臣楚辞を読む、かね。……」

と、私は独語した。かくて白髪の遺臣酒を飲み、飲みに飲み、泥酔状態になった。

そして、寝室にゆくべくその部屋を出ようとしたが――その部屋と廊下は二十センチほどの段差があった。それを同じ平面のつもりで、千鳥足を踏み出したのだからたまらない。

ずでんどうとばかり転倒した。しかも何の防御体勢もとらず、棒を倒したように、もろに顔面を床にぶっつけたのである。

眼鏡も飛び、前歯も飛んだ。その眼鏡もレンズがフレームからはずれ、前歯も三本、まわりに散乱するという物凄さである。

しかし私は、そのまま寝室にゆき、右の惨劇を全然知らないで朝までグーグー寝ていたという始末である。

朝になって、はじめて歯ぬけじじいになっているのに気がついて、そのわけを家内からきいた。

ちょうどその転倒のとき、台所にいた家内は大音響をきいてかけつけ、シッカリセヨと抱き起し、

「どうしたの！」

と、呼びかけた。

すると私は、虫のような息で、

「……死んだ……」

と、一語つぶやいたそうである。

これだこれだ。これこそ死ぬときにはくべき最高の名句である。自分の言葉ながら、これをよくおぼえておいて、本番のときもういちどやってみよう。

ただしこれは過去形になっている。だから、死んでから三分ほどたって、

「……おれ、死んだ……おれ死んだよ……」

とつぶやかなければならない。すると、

「うるさいわねッ、わかってるッ」

なんて叱られたりして。

あとがき

私の何を読んで錯覚したのか、私に人生論の本を書かないかといってくる人がある。私は笑って応じたことはない。

私が応じないのは、要するに人さまにひけらかすような人生観などない、と確信しているからである。どうも自分の人生は、怠けるほうへ、怠けるほうへ、いかにすればラクに、いいかげんに、この世を渡れるか、ということを目的として「悪戦苦闘」してきたようだ。そんな人間の人生論など、決して大きな顔をして世に出すべきものではない。

これはそういう男のつれづれ草である。

作家には小説のほかに随筆雑文のたぐいを依頼されることがあって、それも長年にわたると相当の量になる。その切抜きを適宜ピックアップしてもらった。選択も人まかせだが、そもそもその随筆そのものが向うから与えられたテーマによるものが多い。

その結果がこの本だが、なかには何十年ぶりかでお目にかかる自分の文章もある。はじめに人生論はニガテだといったけれど、怖ろしいものでこれを見ると、けっこう私なりの人生観、死生観らしきものをしゃべっているようで赤面する。

歳月の間に、ああ変ったなと感じる文章もあるが、しかしそれより自分が変らないことに感慨をおぼえざるを得ない。同じリフレインをくりかえしているのだ。与えられたテーマが同じだと、返答の内容も同じになるということもあるけれど、山本夏彦氏の文章のなかにある、ある西洋人の哲学者の、「人は五歳にしてすでにその人である」というおっかない言葉が頭に浮かぶ。

人間は一生、同じ歌を歌うものらしい。

山田風太郎

本書のなかには今日の人権感覚に照らして不適切と思われる語句がありますが、差別を意図して用いているのではなく、また時代背景や作品の価値、作者が故人であることなどを考え、原文通りとしました。

本書は一九九三年十一月、富士見書房より単行本として、一九九八年一月に角川文庫、二〇〇五年十二月に小学館文庫として刊行された。

秀吉はいつ知ったか　山田風太郎

中国大返しに潜む秀吉の情報網と権謀を推理する「秀吉はいつ知ったか」他「歴史」をテーマにした文章を中心に選んだ奇想の裏側が窺えるエッセイ集。

昭和前期の青春　山田風太郎

名著『戦中派不戦日記』の著者が、その生い立ちと青春を時代背景と共につづる。「太平洋戦争私観」「私と昭和」等、著者の原点がわかるエッセイ集。

わが推理小説零年　山田風太郎

稀代の作家誕生のきっかけは推理小説だった。江戸川乱歩、横溝正史、高木彬光らとの交流、執筆裏話等から浮かび上がる「物語の魔術師」の素顔。

人間万事嘘ばっかり　山田風太郎

時は移れど人間の本質は変わらない。世相からマージャン・酒・煙草、風山房での日記までを1冊に収める。単行本生前未収録エッセイの文庫化第4弾。

風山房風呂焚き唄　山田風太郎

明治文学者の貧乏ぶり、死刑執行方法、ひとり酒ほか、長篇エッセイ(表題作)をはじめ、旅、食べ物、読書をテーマとしたファン垂涎のエッセイ群。

半身棺桶　山田風太郎

「最大の滑稽事は自分の死」——人間の死に方に思いを馳せ、世相を眺め、麻雀を楽しみ、チーズの肉トロに舌鼓を打つ。絶品エッセイ集。　（荒山徹）

山田風太郎明治小説全集（全14巻）　山田風太郎

これは事実なのか？　フィクションか？　歴史上の人物と虚構の人物が明治の東京を舞台に繰り広げる奇想天外な物語。かつ新時代の裏面史。

修羅維新牢　山田風太郎

薩摩兵が暗殺されたら、一人につき、罪なき江戸の旗本十人を斬る！　明治元年、江戸。官軍の復讐の餌食となった侍たちの運命。　（中島河太郎）

魔群の通過　山田風太郎

幕末、内戦の末に賊軍の汚名を着せられた水戸天狗党の戦い。その悲劇的顛末を全篇一人称の語りで描いた傑作長篇小説。　（中島河太郎）

旅人　国定龍次（上）　山田風太郎

ひょんなことから父親が国定忠治だと知った龍次は、渡世人修行に出る。新門辰五郎、黒駒の勝蔵らに仁義を切るが……。形見の長脇差がキラリとひかる。

旅人 国定龍次（下） 山田風太郎

「ええじゃないか」の歌と共に、相楽総三、西郷隆盛、岩倉具視らの倒幕の戦いは進み、翻弄される龍次。侠客から見た幕末維新の群像。（縄田一男）

戦中派虫けら日記 山田風太郎

〈嘘はつくまい。嘘の日記は無意味である〉。戦時下、明日の希望もなく、心身ともに飢餓状態にあった若き風太郎の心の叫び。（久世光彦）

同日同刻 山田風太郎

太平洋戦争中、人々は何を考えどう行動していたのか。敵味方の指導者、軍人、兵士、民衆の姿を膨大な資料を基に再現。（高井有一）

昭和史探索（全6巻） 半藤一利編著

名著『昭和史』の著者が第一級の史料を厳選、抜粋。時々の情勢や空気を一年ごとに分析し、書き下ろしの解説を付す。《昭和》を深く探る待望のシリーズ。

それからの海舟 半藤一利

江戸城明け渡しの大仕事以後も旧幕臣の生活を支え、徳川家の名誉回復を果たすため新旧相撃つ明治を生き抜いた勝海舟の後半生。（阿川弘之）

荷風さんの昭和 半藤一利

破滅へと向かう昭和前期。永井荷風は驚くべき適確さで世間の不穏な風を読み取っていた。時代風景の中に文豪の日常を描出した傑作。（吉野俊彦）

漱石先生がやって来た 半藤一利

小説家か、帝大教授か。生涯の分岐点となった一年を福猫、半兵衛の目を通して描く表題作に、興味深い逸話を集めた「千駄木町の漱石先生」を併録。

私の「漱石」と「龍之介」 内田百閒

師・漱石を敬愛してやまない百閒が、おりにふれて綴った師の行動と面影とエピソード。さらに同門の友、芥川との交遊を収める。（武藤康史）

幕末維新のこと 司馬遼太郎 関川夏央編

「幕末」について司馬さんが考えて、書いて、語ったことの真髄を一冊に。小説以外の文章・対談・講演から、激動の時代をとらえた19篇を収録。

明治国家のこと 司馬遼太郎 関川夏央編

司馬さんにとって「明治国家」とは何だったのか。西郷と大久保の対立から日露戦争まで、明治の日本人への愛情と鋭い批評眼が交差する18篇を収録。

ちくま文庫

死言状（しごんじょう）

二〇一八年一月十日　第一刷発行

著者　山田風太郎（やまだ・ふうたろう）
発行者　山野浩一
発行所　株式会社　筑摩書房
東京都台東区蔵前二―五―三　〒一一一―八七五五
振替〇〇一六〇―八―四一二三
装幀者　安野光雅
印刷所　中央精版印刷株式会社
製本所　中央精版印刷株式会社

乱丁・落丁本の場合は、左記宛にご送付下さい。
送料小社負担でお取り替えいたします。
ご注文・お問い合わせも左記へお願いします。
筑摩書房サービスセンター
埼玉県さいたま市北区櫛引町二―六〇四　〒三三一―八五〇七
電話番号　〇四八―六五一―〇〇五三

ISBN978-4-480-43488-3 C0195